# 我眼中的小浪底

小浪底水利枢纽建设管理局团委　编

黄 河 水 利 出 版 社
·郑 州·

**图书在版编目(CIP)数据**

我眼中的小浪底/小浪底水利枢纽建设管理局编.—郑州：黄河水利出版社，2010.12

ISBN 978-7-80734-956-3

Ⅰ.①我… Ⅱ.①小… Ⅲ.①散文-作品集-中国-当代 Ⅳ.①I267

中国版本图书馆 CIP 数据核字（2010）第 251391 号

组稿编辑:韩美琴　　电话:0371-66024331　　邮箱:hanmq93@163.com

出 版 社:黄河水利出版社

地址:河南省郑州市顺河路黄委会综合楼 14 层　　邮政编码:450003

发行单位:黄河水利出版社

发行部电话:0371-66026924、66020550、66028024、66022620(传真)

E-mail:hhslcbs@126.com

承印单位:河南省瑞光印务股份有限公司

开本:787 mm ×1 092 mm　1/16

印张:18.25

字数:219 千字　　印数:1—2 000

版次:2010 年 12 月第 1 版　　印次:2010 年 12 月第 1 次印刷

定价:45.00元

# 编　委

# 序

青年强则企业强。青年是企业的希望，青年是企业的未来。

小浪底水利枢纽建设管理局党委历来高度重视对青年的教育培养工作。无论是在艰苦卓绝的小浪底工程建设期，还是在管好民生工程、谋求多元发展的改革发展期，局党委始终将培养锻炼青年作为一项重要工作来抓，思想上重视、政治上关心、平台上创新、资金上保证，为青年成长成才创造了良好载体，营造了良好环境。广大青年在小浪底工程建设管理和企业改革发展过程中，斗志昂扬，冲锋在前，勇挑重担，不断攀登，战胜了一个个困难，取得了一个个辉煌，为全局各项事业的发展作出了突出贡献。同时，广大青年在不断的实践磨砺中，信念更加坚定、素质更加提升、作风更加务实，思路更加创新，得到茁壮成长。

在新的历史时期，随着社会经济的深刻变革、小浪底水利枢纽的竣工验收和“管好民生工程、谋求多元发展”战略的不断深入，全局的改革发展已站上了新起点、迈上了新台阶，需要创造新辉煌、谱写新篇章。新挑战、新任务，对青年提出了新的更高的要求，需要广大青年，树立强烈的市场意识和责任意识，以时不我待的精神，继续深入学习、强化锻炼、扎实作风，不断提升综合素质；继续顽强拼搏、开拓创新、锐意进取，

为建设管理局的科学和谐发展而努力奋斗。

局团委组织撰写的《我眼中的小浪底》就是锻炼青年写作能力、提升青年素质的重要措施。广大青年积极响应局团委的号召，深入思考，认真撰写，踊跃投稿，写出了许多富有哲理和启迪人生的语言：“我眼中的小浪底有着夸父、精卫、愚公的执着，有着牛顿、爱因斯坦的智慧。”“因为缘份，我来到了小浪底；因为热爱，我再也离不开小浪底。”“小浪底，这里是我梦开始的地方”……这些语言或叙事或抒情，用不同的语言和方式，表达了自己对小浪底的特殊感情。虽然，文中许多语言还略显稚嫩，写作经验也存在一些不足，但从中可以看到，新一代年轻人的质朴纯真、朝气活力。通过他们，也让我们看到了小浪底水利枢纽建设管理局的未来和希望。

希望共青团组织以本书出版为契机，锐意进取，拓宽思路，继续加强工作，为青年成长成才创造更好的载体，在贯彻局党委指示精神中奋力拼搏，在提升团员青年素质中奋发有为，在服务中心任务中奋斗建功，在加强自身建设中奋勇前进。希望广大团员青年以本书的出版为契机，更加严格要求自己，争做理想远大、信念坚定的小浪底新一代，争做知识丰富、品德高尚的小浪底新一代，争做立足本职、敬业进取的小浪底新一代，争做求真务实、作风过硬的小浪底新一代。

时代呼唤人才，人才推进事业。小浪底水利枢纽建设管理局更加辉煌的事业需要广大团员青年继续书写……

是为序。

2010年12月3日

# 目　录


序　　　　　　　　　　　　　　　　　　　　殷保合

## 散文

了解 …………………………………… 任高峰　(3)
别样的除夕夜 …………………………… 李　芳　(5)
大修试验现场的“准新郎” ……………… 赵　伟　(8)
电厂有这样一支团队 …………………… 张炳月 (11)
正在改变的小浪底 ……………………… 徐力明 (16)
第一次亲密接触 ………………………… 邓自辉 (18)
感受严谨 ………………………………… 陈　磊 (20)
小浪底观涛 ……………………………… 李由杰 (23)
和谐温暖的办公室 ……………………… 史晓洁 (25)
鹤舞霞飞西霞院 ………………………… 常伟峰 (28)
将我的一生献给您，黄河母亲 ………… 王鹏程 (30)
乐不胜收的小浪底 ……………………… 李明慧 (33)
绿色小浪底 ……………………………… 韩石成 (36)
冒雨植树记 ……………………………… 朱旭萍 (39)
小浪底的四季 …………………………… 刘　耀 (42)

魅力观瀑节，解读“守门者” …………………… 杨　燕　(44)
梦开始的地方 …………………………………… 李其轩　(47)
默默的守望 ……………………………………… 赵志民　(49)
年轻的小浪底 …………………………………… 成　超　(53)
秋夜颂 …………………………………………… 代永信　(55)
守望幸福 ………………………………………… 崔　皓　(57)
水缘 ……………………………………………… 李亚丽　(60)
我的光头师傅 …………………………………… 丁媛媛　(63)
我和小浪底的缘份 ……………………………… 贾春雷　(65)
拓展训练 ………………………………………… 朱旭萍　(68)
小浪底的鸟 ……………………………………… 李向涛　(71)
我是小浪底人 …………………………………… 杜惠彬　(73)
我所在的团队 …………………………………… 王琳琳　(75)
无悔的选择 ……………………………………… 李红全　(77)
小浪底的雪 ……………………………………… 杨辰飞　(79)
总工孔德铭 ……………………………………… 丁媛媛　(81)
小浪底监测人 …………………………………… 刘经纬　(83)
喧嚣与平静 ……………………………………… 李　钒　(86)
自豪的小浪底人 ………………………………… 蔡勤学　(88)
成长 ……………………………………………… 孙俊峰　(90)
小浪底人 ………………………………………… 张　凡　(92)
触动 ……………………………………………… 张　瑾　(95)
地下厂房的灯光 ………………………………… 蔡　路　(99)
电厂安全的把关人 ……………………………… 席　兵　(101)
雕刻时光 ………………………………………… 孙兴国　(103)
多彩小浪底 ……………………………………… 衡培娜　(106)
奉献 ……………………………………………… 刘学鸽　(109)

见证小浪底 …………………………………………… 杨继斌（111）
充满魅力的小浪底 ……………………………… 王首达（113）
美丽的小浪底 ………………………………………… 马尚焜（115）
平凡的小浪底人 ………………………………… 韩宏斌（117）
融入 …………………………………………………… 赵　吉（120）
平凡中的不平凡 ………………………………… 于　跃（122）
特殊情怀 …………………………………………… 苏　畅（124）
外商营地印象 ……………………………………… 金　虹（126）
忘不了……………………………………………… 徐　强（128）
我的“桃花源”………………………………… 李银铛（130）
心中的灯塔 ………………………………………… 李　翔（132）
小浪底印象 ………………………………………… 沙　林（136）
我庆幸，我是小浪底人 ……………………… 聂元辉（138）
为小浪底增砖添瓦 ……………………………… 万永发（140）
我知道的小浪底 ………………………………… 胡　可（142）
自豪 …………………………………………………… 宋健壮（144）
现实与梦想 ………………………………………… 张宏磊（148）
水之缘 ……………………………………………… 吕元龙（151）
小浪底，我爱上了你 …………………………… 杨兴凯（154）
坝后保护区漫步 ………………………………… 任　涛（156）
小浪底的秋 ………………………………………… 常婧华（158）
旋律 …………………………………………………… 郑　炜（161）
感谢小浪底 ………………………………………… 刘　哲（163）
源泉 …………………………………………………… 王鹏飞（166）
小浪底——家 ……………………………………… 郭　卿（169）
感动与记忆 ………………………………………… 李宪栋（171）
小浪底精神 ………………………………………… 刘春奇（173）



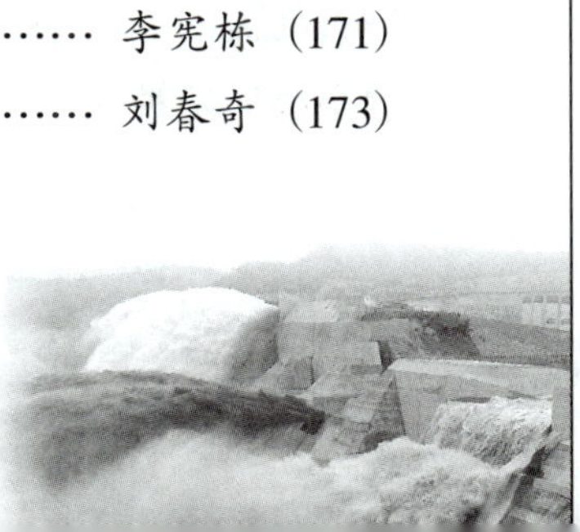

仰望幸福 …………………………………………… 吴广庆（175）
屹立的风景 ………………………………………… 马古贝（178）
有一种精神 ………………………………………… 焦玉峰（180）
与时俱进的小浪底 ………………………………… 何　琳（183）
源自于爱的动力 …………………………………… 崔　鑫（185）
这本书，意味深长 ………………………………… 袁　芳（188）
这就是我眼中的小浪底 …………………………… 王国清（190）
这就是小浪底人 …………………………………… 孙　昕（193）
这样的人 …………………………………………… 郭晓丽（195）
执著的小浪底档案人 ……………………………… 姚林聘（197）
逐渐成熟的新一代 ………………………………… 张　冰（199）
祖国，小浪底对您说 ……………………………… 杨　静（202）
为了那颗耀眼的明珠 ……………………………… 杨会军（205）
责任 ………………………………………………… 惠　阳（208）
最美 ………………………………………………… 陈　岭（210）
用青春铸就黄河年轮 ……………………………… 张静宜（212）
逐梦坚守　铸就辉煌
…陈　萌　张亚楠　沙　莎　马尚焜　王琳琳　陈　伟（215）

## 诗歌

给未来的自己 ………………………… 陈　萌　朱旭萍（221）
青春在小浪底闪光
…………………… 陈　岭　张亚楠　陈　萌　郜　莉（224）
热爱小浪底，青春献水利 ………………………… 刘　玉（228）
顺着河流的方向 …………………………………… 郜　莉（230）
颂小浪底精神 ……………………………………… 赵　吉（233）

为了黄河安澜的梦 ………… 王鹏程　陈　岭　李　翔（236）
黄河巨人 ………… 王国清　朱旭萍　张宏磊　丁媛媛（239）
我眼中的小浪底 ………………………………… 丁媛媛（244）
小浪底　一首无悔的诗 …………………………… 李亚丽（246）
小浪底，我为你自豪 ……………………………… 郜　莉（250）
小浪底风采 ………………………… 郭　卿　张凌锦（253）
信仰 ………………………………………………… 李一丁（257）
这么一条河，这样一座坝 ………………………… 巴　涛（260）
一条河，一座坝 …………………………………… 李力翔（264）

## 家书

给儿子的一封信 …………………………………… 鲁　锋（269）
安全家书 …………………………………………… 韩宏斌（273）
写给父母 …………………………………………… 朱旭萍（276）
家书 ………………………………………………… 张　阳（278）

# 散文

# 了 解

任高峰

我家在黄河岸边，上小学的时候，我就知道要在黄河上修建小浪底工程，虽然一直想去看看，可是直到大学毕业也没有实现这个愿望，只是从村里人的转述中揣摩着小浪底的模样。心里一直有个愿望：有机会亲自去看看。

2005年我大学毕业，通过招聘来到了小浪底，终于看到了那气势雄伟的大坝，波澜壮阔的水库，以及黄河桥下那清澈的河水，原来黄河水不黄啊，当时心里这样想。经过几个月的培训，我终于成为小浪底电厂的一名职工，而在这几个月里我也对小浪底有了更多的了解，地下厂房、开关站、进水塔、消力塘、排沙洞等，这些建筑让我感叹建设者的伟大，而坝后保护区让我更多地了解了小浪底水利枢纽的建设过程及其中发生的令人难忘的故事。

站在大坝上，坝前是波澜壮阔的水库，坝后是风景秀丽的保护区以及蜿蜒东去的黄河，脚下是百米高的大坝，这一切都让人激情澎湃，想象着工程建设时期那热火朝天的场面，让人遗憾为什么没有参与这让人终生难忘的建设。每年6月调水调沙



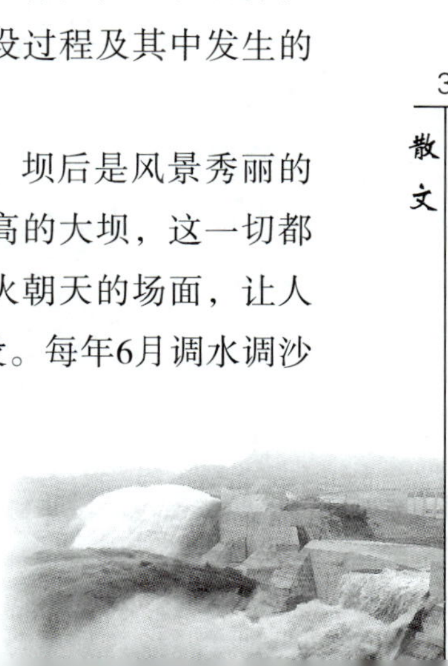

期间，如巨龙出水般的场面让无数人震撼，这震撼场面背后是小浪底人不懈的努力和辛勤的汗水。

2006年在三门峡水利枢纽培训期间，我看到了真正的“黄”河，如泥浆一样的河水奔腾而去，汇入小浪底水库，再想想小浪底黄河桥下清澈的河水，我才明白小浪底水库的作用，把含泥沙量如此高的黄河水拦在坝前，让它沉淀，然后再把清水放给下游，减少黄河下游的泥沙淤积。

小浪底水利枢纽的作用不只是减少泥沙淤积，还包括发电、灌溉、防洪、防凌、供水等，小浪底水利枢纽大坝是按千年一遇的洪水标准设计的，从此黄河下游再也不会被洪水淹没；水力发电厂年发电量60亿千瓦时，充分发挥水电机组的优势，在水电不多的河南电网发挥着巨大的作用；有了小浪底水利枢纽，黄河下游从此不断流；有了小浪底水利枢纽，黄河从此安澜……

在小浪底建管局工作4年了，由于是电厂运行管理人员，所以没有周末，没有假期，只有十天一轮的倒班。经常会因为看着别人收拾东西准备周末或者假期，自己却还要待在这山底下的厂房里而心情落寞。每当这个时候，我都会想想小浪底水利枢纽的社会作用，一想到我是在一个这样重要的地方上班，心中的郁闷便会一扫而光，还会产生一种骄傲和自豪，工作又重新充满了动力和激情。

小浪底的景色是迷人的。站在远处，我们能看到小浪底水利枢纽的秀丽风光和高大建筑，我们看不到的是曾活跃在这些建筑里的小浪底人。是他们给了小浪底生命，是他们让小浪底水利枢纽成为造福人民的工具，他们比风景更值得我们赞赏和称颂。

# 别样的除夕夜

李　芳

2009年1月25日，这是我参加工作后的第一个除夕夜。

夜幕渐渐降临了，月亮冉冉升起。大地笼罩在一片黑暗之中，漆黑的天空中跳出了几颗小星星，它们像顽皮的小孩子一样，一闪一闪地眨着眼睛。

今天是中国老百姓一年当中最高兴的日子，大街小巷里，家家户户张灯结彩，灯火辉煌，噼里啪啦的鞭炮声此起彼伏，家人团聚、亲朋见面，共同迎接新的一年的到来，无比的欢欣。

同时这也是我第一次在外地过年，透过窗棂望着除夕的夜景，怀着激动的心情眺望很远很远那朦胧的灯光，想着远方的家人，想着家乡的除夕夜，到处洋溢着鞭炮声，到处飞腾着绚丽的光芒，一家人围坐在一起，看春晚、话团圆、吃饺子、放鞭炮，该是多么幸福和温暖！在吉祥与欢乐中，新的一年一步一步和着浓浓的除夕夜走向新春的黎明……

就这样想着，心情有些失落。这时，一只大手搭在我的肩上，回头一看，值长张炳月正微笑着看着我。“第一次过年值班

一定很不习惯吧？咱们运行人就是这样，习惯了就好。倒班总是会碰到春节值班的，不是我们值班就是其他值上班。遇到问题换个角度想想就行了。我们现在所肩负着的责任不仅仅是保电网保安全，还有千家万户的欢乐笑声呢。正是有了我们此时此刻的坚守岗位才有那万家灯火、金碧辉煌啊。我们可不只是在上班，也是在为大家送去快乐嘛！”听完值长一席话，我的心情一下舒畅了很多。就在这个时候，枢纽管理区小浪底宾馆为我们送来了热气腾腾的年夜饭，王首达和聂元辉也准备好了鞭炮。听着噼里啪啦的鞭炮声，吃着潘姐给我盛的满满的一碗饺子，看着每个人脸上洋溢的快乐，感受着整个楼里充满的浓浓的欢乐气氛，体味着那跟家一样的味道，我的心里暖暖的，失落感一扫而光。是的，我们是一家人，在运行这个大家庭里，我们有着共同的目标和信念。在工作和生活中，我们相互扶持、互相帮助，我们荣辱与共、甘苦同尝，即使有过一些不大不小的摩擦，也能像勺子碰锅沿一样的在不经意里复合如初。

回想入值后那些日子，我想我是有理由骄傲的：认真地工作，勤奋地做人，每一次完满地交班完毕，每一次机组的安全启停，甚至每一次小小的操作，都会带给我许多不言的快乐和成就感。那些日子，我为同事们的敬业所感动，为他们的汗流浃背而心疼，为他们身上那种高度凝聚的责任感而深深地骄傲。这就是我的家人，一群勤勤恳恳、积极向上，悉心照顾我们的每一个设备，谨小慎微地面对每一个操作，当机立断地解决每一次隐患的运行人。

华灯初上，当家家户户围在一起吃团圆饭时，我们，在运行这个大家庭中与家人团圆。

鞭炮响起，当到处洋溢着喜庆祥和的节日气氛时，我们，耳际传来的是机组的轰鸣声和运行人的欢笑声共同谱成的优美的乐章。

夜幕降临，当大人小孩忙着到处串门拜年时，我们，也在忙着对那不停转的机组和设备道一声“新年好”……

在我的心灵里，将始终铭刻着这个除夕夜，在这个不平凡的夜晚，我经受了人生的第一次洗礼，这个夜晚过得很有意义，值得我用一生去回忆、去珍藏。

# 大修试验现场的“准新郎”

赵　伟

小浪底水利枢纽10号机组大修工作接近尾声，在数月紧张、无声的忙碌中，不知道您是否曾留意到他们的身影，一群电厂中的80后。初识他们，您看到的是安全帽下那稚气未脱的脸庞，手握图纸，身背工具袋，穿梭于现场各种设备之间，大到设备控制柜的布置，小到端子排中的端子编号，都无法逃脱他们严谨的目光，简单的电工工具，万用表的正负两极就构成了现场工作的条件。贾春雷，一个身体偏瘦但很精干的年轻人，就是他们中平凡的一员。作为电厂发电维护分厂自动室的成员，他担负着电厂自动化设备的维护工作。积极主动，认真完成岗位工作是他的职责，也是80后的共同职责。

2009年9月25日，调度中心传来新的水情指令：27日22时，小浪底水库下泄流量增加到1200立方米每秒，西霞院水库按进出库平衡运行。按照要求，小浪底水利枢纽除了正在大修期间的4号机外，其余9台机组需要全部运行，而此时10号机组还在大修后的试验阶段。为了保证按时开机不弃水，在满足下游流量的同时确保经济效益的最大化，电厂值班领导肖明副厂长要求，周末值班即是正常上班，务必在规定时间前完成试验，保证10号机顺利开机并网！此时此刻，时钟已指向9月25日下午2时，三天内完成全部大修后的试验工作，这对于电厂所有人，特别是这群80后们，都是一个严峻的考验。可他们没有退缩，因为在他们的身边有厂领导的坚定支持，正是厂领导的旗帜作用鼓舞着他们。深夜里，厂领导仍然亲自坐镇指挥，与他们一起连续奋战了三昼夜，于9月27日晚21时30分顺利完成10号机大修后试验，21时54分，机组成功并网，正式投入24小时试运行。小浪底建管局“三个一”主题实践活动总体原则中有这样的要求，“工作上，要立足本职，积极主动”。这个周末，贾春雷和他的同事们用自己的行动践行了这个要求，也度过了一个紧张而又充实的周末。其时，此时此刻，在贾春雷的心中还一直牵挂着一个她……

时光回转，9月25日22时整，小浪底水利枢纽10号机组调速器两段关闭阀改造试验条件具备，该试验主要调试调速器导叶两段关闭时间。因为在机组停机过程中，导叶两段关闭时间过快会导致导叶机械结构的严重损坏，所以必须调试出一个合适的关机时间。这个试验由电厂自动室人员负责录波，机械人员负责调节两段关闭阀机械结构。该试验的难点就在于精确调整两段关闭阀时间调节旋钮，而这要通过不断试验录波来进行。这是个非常熬人的试验，必须反复调整，不厌其烦，不断比对，贾春雷同大家一起进行试验，这一干就是5个多小时，渴了就喝点瓶装水，饿了就咬口面包。直到9月26日凌晨3时，该试验终于成功完成。紧接着，等待10号机充水完毕。首次启机成功，机组开始空转时，已经是26日中午12时。

拖着疲惫的身体回到宿舍，简短地休息了一个下午，贾春

雷及他的同事们在26日晚上准时出现在了10号机空载试验的现场，一个个试验项目顺利进行，突然，一个异常现象引起了他们的注意，断开监控系统电源后，机组竟然事故停机了，可正常情况下不应该出现这样的情况的，贾春雷和同事们根据这一情况，进行仔细的分析，查找问题的原因，经过2个多小时的努力，终于将问题的根源找到并予以解决。此时已近深夜，他们无暇休息，一口气进行了空载和并网试验，并于27日22时前，使10号机组成功投入试运行，按照要求如期完成任务。此时小浪底水库下泄流量已增大至1200立方米每秒，9台机组全部运行。

当大家趁着夜色坐车回枢纽管理区生活区的时候，车上一个人忽然笑着说道："小贾，你终于来得及回家结婚了！呵呵……"原来，贾春雷还要立即赶回老家举办婚礼。顿时，笑声中大家投去了惊叹的目光，钦佩这样一个80后的"准新郎"在大家与小家之间忘我的表现，同车的同事们纷纷送去简单、温馨的祝福。贾春雷和他的同事们就是我眼中的小浪底人，忠于职守，顾全大局，勇担责任。有了这样一群小浪底人，我相信小浪底的明天会更加美好！

这里，也让我们共同祝福他们小两口幸福！

# 电厂有这样一支团队

张炳月

他们年轻而富有朝气，他们充满激情和理想，他们平均年龄只有26岁，他们来自祖国各地、四面八方，但是他们都有着同样的理想，那就是投身水利事业，投身小浪底水利枢纽，为小浪底水利枢纽建设管理局（以下简称小浪底建管局）的繁荣发展而奉献青春，在小浪底这片热土实现自己人生的价值和事业的梦想。

他们的工作和生活与众不同。

当夜晚来临，其他人在休闲散步，他们还在厂房内巡视着设备；午夜，其他人早已经进入了梦乡，他们依然在监控系统前紧盯着机组运行的各个参数。新年钟声敲响时，许多人和家人团聚在一起，共享新年的快乐，而他们依然安静地守候在电厂控制室内，默默地为远方的亲人祝福。这就是电厂运行人，机组一年365天运转，运行人也每天24小时轮流监守在自己的岗位上。他们精心呵护着小浪底水利枢纽6台30万千瓦的机组和西霞院反调节水库4台3.5万千瓦的机组，为机组安全、稳定高效

运行而不辞昼夜，为机组发出高质量的电能而不辞辛劳。

他们的工作要求胆大心细。

胆大是指处置突发事件时要冷静而果断。比如2006年7月1日河南电网发生系统振荡时，小浪底中控室发现母线电压下降、波动，稍后监控系统出现大量报警：母线电压消失、母线电压恢复，母线复合电压保护动作，线路电压消失、线路电压恢复，T21保护动作、复归，LCU交流电源异常、正常，UPS2报警、复归等信号。同时出现400伏电厂用电机组自用电1段、2段，机组自用电3段、4段，公用电3段、4段，5段、6段，反复合闸、分闸动作信号。运行的1号机保护动作停机。面对突然几乎同时出现的大量报警，运行人没有惊慌，他们根据自己扎实的业务水平作出了准确的分析和判断，并果断地进行了处置，在监控系统UPS装置故障，监控系统上位机停运的情况下，顺利排除险情几十起，并按照省调指令迅速开出了5台机组并网，为河南电网的快速恢复作出了贡献。

心细是指在工作时要认真细致，要善于从平静中分析和发现问题。在机组运行过程中，隐含着很多不确定的因素，随时都可能出现情况而导致机组停机。所以分析观察机组及辅助设备的各项运行参数，并找出它们的运行规律、运行特点，当有异常时能提前发现并采取应对措施，就可以避免停机和设备事故。运行人员就需要具备这种素质。2008年6月的一天，当时正值黄河调水调沙的关键时期，运行监屏人员通过上位机对10号机顶盖排水泵启停信号进行分析，发现从17点18分开始，10号机顶盖排水泵运行时间逐渐增长，启停间隔时间逐渐缩短，于是立即现地检查，发现10号机水车室顶盖内大轴周围有浑浊水喷出，初步判断是主轴密封部件出现故障。此时备用的顶盖排水泵已经启动，顶盖进水量还在逐渐增加，如继续下去，将有水淹水导的危险。于是值长当机立断，向中调申请停10号机。并在机组停稳后投入空气围带防止蜗壳内的水继续流入顶盖。后经机械室检查发现，10号机主轴密封4块抗磨板上三颗螺栓已拉断，其他螺栓大部分有松动迹象。经过机械室两个多小时的紧急处理，10号机重新并网运行。这就是运行工作中的一个典型事例。如果监屏人员不去主动分析设备启停信号，而是等事故扩大报警信号上来后才发现和处理，可能已经是水淹水导的重大设备事故了。所以说要干好运行，必须有高度的工作责任心，必须有主动去分析问题的积极性。在机组运行时需要监视各部轴承的瓦温、冷却水的流量、定子转子铁心及线圈温度、有功无功及定子电流、机端电压等参数，还要监视厂内公用系统的运行状况，比如厂用电的运行状况、渗漏检修排水泵的启停状况、开关站开关空压机的启停状况等。当某个参数或设备运行特点出现变化时，很可能是事故发生的前兆，一定要重视，结合设备工作原理及系统结构综合分析，从现象深入到本质，彻底查清出现这种变化的原因，将事故扼杀在萌芽阶段。这点和医生很相似，高明的医生是在病人身体出现不适的时候就诊断出你的病症并对症下药，而不是等病人已发展成重病了手术才能治疗。提前判断发现问题，杜绝事故发生体现了运行的综合业务水平，所以说运行不但需要有把握全局的眼光，而且需要细致入微的工作态度。

他们爱学习。

电厂运行的工作涉及机械、电气、自动化控制、保护等多个专业，需要掌握不同类型设备的工作原理、工作特性，还要把不同系统之间存在的内在联系综合起来考虑。所以只有不断学习才能胜任这个岗位。在小浪底电厂，运行每个值平均只有7个人，在小浪底站安排 5 个人，西霞院反调节站安排 2 个人。

这可以说已经是值班人数的极限了。值长在中控室负责两个厂的生产指挥，中控室需要有一人专门负责监视分析全厂运行设备的各种参数，有异常时向值长及时汇报。另外的两个人要负责对全厂的设备进行巡视检查，负责配合维护人员执行设备检修的安全措施，负责全厂的倒闸操作，并负责处理现场突发的异常情况。在老电厂，一个值的运行人员可能要十几个甚至二十几个。内部分工也分机械值班员和电气值班员，而小浪底从建厂开始就高标准地提出“一专多能，机电一体化，人员高效”的目标。也许有人要问：7个人能保障好小浪底水利枢纽6台30万千瓦的机组加西霞院反调节水库4台3.5万千瓦机组的安全可靠运行吗？事实证明：没有问题！但在这背后，运行人花费了大量的精力去学习和锻炼，学习让他们不断进步，学习让他们成长为业务骨干，更是有很多优秀的运行人走到了更高的工作岗位上。

他们能吃苦。

运行工作可以说一年四季都在忙，春天有开关站的春检和汛期来临前的机组小修。大量的倒闸操作和配合检修安措，上百张操作票，几千项的操作不能出现一点的差错。在电厂如果出了安全问题，一切工作努力都是零。大家很清楚安全生产的重要性，每一项操作都严格执行操作规程。忙完了春天，夏天就是汛期来临了，黄河调水调沙、电网迎峰度夏开始了，机组安全稳定运行更是不能放松。到了秋天，机组3个月的大修开始，大量的工作票，大量的操作票……没有操作时，日常的巡检，从地面开关站到地下厂房，再到发电机层，上上下下走一圈最少要2个小时，即使是冬天，都能出一身汗。上夜班也是对人的一种考验，要打破生理规律，在深夜保持清醒的头脑和饱满的精力，随时准备处置可能出现的突发情况。他们知道苦和累是人成长的宝贵财富。当一项项工作圆满完成的时候，当机组稳定高效运转的时候，就是对他们工作最大的肯定和回报。

他们就是这样一支团队，热爱自己的岗位，热爱自己的事业，为机组安全稳定高效运行保驾护航，为小浪底建管局的繁荣发展埋头工作，有人把小浪底比喻成一艘大船，运行人员就是这艘大船的水手，他们在自己岗位默默无闻地工作，使这艘大船乘风破浪安全地航行到更远方。

# 正在改变的小浪底

徐力明

1994年的冬天，大一的寒假，我来到了小浪底，天气很冷，山上光秃秃的，感觉到处都是灰蒙蒙一片。“快过年啦，大家都回家了吧?”我心里想，可是当我跟随父亲来到施工现场参观时，却发现还有很多人正在工作。看着他们脸上的汗水和忙碌的身影，我的心中突然有种莫名的感动。之后的每个假期，当我回到小浪底，都会发现它又有了巨大的变化，巍峨的大坝在一点点增高，一个貌似平常的山包下面正在被变成一条条隧洞和巨大的厂房。“小浪底”这个曾经陌生而安静的村庄，正在成为世界瞩目的地方。而这个伟大工程的创造者，正是从全国乃至世界汇聚到这的小浪底人。

人类创造了世界上一个又一个奇迹，小浪底的变迁也伴随着人们辛勤的汗水，小浪底的巨变也见证了一批人的成长。巍峨的大坝将黄河水拦腰截断，原本的河流变成了广阔的水库。山变绿了，水变清了，这一切变化后面的心酸与艰难，只有参与其中才能真正体会。随着小浪底水利枢纽工程的开工，南北各地的水电专家奔赴这里。小浪底水利枢纽工程的洞群开挖的复杂程度世界屈指可数，是老一辈的水电专家攻克了一个个开挖难关，保证了工程的进度，让世界看到了中国水利建设的能力。

主体工程一步步在实现，机组安装也在紧锣密鼓地进行着，一批为接机发电做准备的年轻人，被招到这里，加入到了“小浪底”这个大家庭。我也在这个时候毕业正式进入小浪底建管局，成为一名小浪底人。

以往老电厂接机发电时，都是让有经验的老师傅来做。而小浪底建管局水力发电厂却是让一群只在电厂进行过实习培训的年轻人来担当。跟着师傅做和自己独当一面完全是两个概念，心中无底是当时很多人的感觉。领导在给大家打气的时候说的一句话让我记忆犹新：“人生会有面临很多个艰难而陌生的第一次，有的人迎难而上，克服了困难，成就了一番事业；有的人怯懦、止步不前，总是尾随在别人的后面，这也就注定他将一事无成。是像你们见到的这些老水利专家一样接受挑战、攻克难关，还是甘愿无所作为，就取决于你们的行动了。”领导的话让大家又鼓起了信心，大家积极地行动起来，白天到现场跟机电安装的师傅学习，晚上研究图纸、说明书。那段时间的晚上，办公室常常都是灯火通明。机组最后调试时，大家基本上整天都在现场，所谓的休息也是根据调试时间见缝插针稍微眯会儿眼睛。当第一台机组顺利并网时，大家都激动得欢呼雀跃。之后的机组一台台相继发电，而年轻的电厂运行管理人员在领导的关心、支持下，也越来越得心应手，技术在日趋成熟。

回想起来，如果没有领导放手让大家去干，也许我们也将成为要依靠别人才能工作的人。电厂的成长只是小浪底整体改变的一个缩影。现在验收完成的小浪底水利枢纽依然没有停止他改变的步伐，发展方向的突破，基础产业的加强，小浪底在变，小浪底的人在变，期待着小浪底人再创辉煌！

# 第一次亲密接触

邓自辉

记得来小浪底建管局上班时，从报到到军训，半个月的时间，我竟一直没有机会看看小浪底水利枢纽。直到军训结束后，局里安排新进人员熟悉环境，我才有机会去参观，并真正感受小浪底水利枢纽。从乘坐的汽车上下来，正和同事说笑时，猛然发现我已经站在恢弘的大坝上了。

小浪底水利枢纽真大、真壮观啊。我的第一感觉是自豪，是一名小浪底人对国家的自豪！

说来也许没人相信，这是我第一次与黄河亲密接触呢。可就是这第一次相逢，让我对于黄河的印象一下子改变了。我脑海中曾经浊浪滔滔的黄河，竟是如此的清澈、碧透，如此安然地伏在这里。我不由得升起了一股自豪：我心底的小浪底，我心底雄伟壮观的小浪底水利枢纽啊！

从大坝上下来，我们去了下游的西霞院反调节水库，那是小浪底水利枢纽的配套工程。

黄河大桥上，奔泄的河水猛烈地冲击着我的心，我的心情澎湃昂扬。

“桥亘南北兮，横度古今；河出伏流兮，一泻汪洋！”

奔向小浪底！奔向黄河！

不面对小浪底水利枢纽的坝前水域，是无法领略她的浩瀚、她的瑰丽的，更无法听悟到她长长的幽歌。参观完毕，我循着曲折回绕的山路走上坝顶，满心的赞叹，满眼的惊奇。

“子在川上曰：逝者如斯夫！”极目楚天舒的意境就在我眼里，时代前进的脚印就踏在我的面前。

黄河现在就在我的手边了！我找到一个视角好的地方停下来，望向这清澈的水，浩大的水。知道么？这时小浪底水利枢纽就在我的身边，她在我的视线里徒然变得亲切起来……

扑进黄河怀里的欲望强烈地鼓荡在我心里。300平方公里的水面，铺开来是一幅巨型的壮美，延续下去将是一页浩瀚的史诗！

# 感受严谨

陈　磊

2002年，我大学毕业后进入小浪底建管局工作，被分配在电厂的运行三值。在这个平凡的生产一线岗位上，严谨是我所追求的态度。

记得当时的值长是刘连军。初次见他，他一脸严肃的样子让我不免有些紧张。但想到他是我的校友和学长，对自己以后的工作和学习肯定会有很大帮助，于是我努力使自己忘掉那份生疏感和紧张情绪。在运行岗位待了一个月左右的时间，一天晚上吃过饭，刘值让我画出小浪底开关站的一次接线图，因为疏忽和缺乏经验，我未能按照他的要求将接线图和开关、刀闸编号等一一标注。事后，刘值严厉地批评了我，并语重心长地对我说：我们这个岗位看似只有简单的巡检、监屏和办票，但是事故处理是要求迅速和正确的，平时不掌握好知识，那可能会影响事故的及时处理，并且很可能造成事故的扩大化。你是我的校友，我才更要对你严格要求，绝不能因为我们中的一个人去丢母校的脸。听了刘值的话，羞愧的我冲出交接班室，跑到办公室外，泪水不争气地流了出来。为什么，这么简单的一张接线图我都没有熟记于心，电厂这么重要的设备我竟然都不知道确切编号？一个又一个的疑问，冲击得我心发颤，看来不仅是工夫不到家，还缺乏足够的重视和严谨的态度。

有了一次这样的经历后，在随后的日子里，我事事处处严字当头，自我施压，虚心请教，终于在一年后的综合考试中名列前茅，付出终于得到了回报。这使我第一次认识到了对于知识必须持有严谨的态度。

巡检和监屏是运行岗位再熟悉不过的工作了。就是这看似简单的工作，细心的话却能窥探出潜在的设备缺陷，从而避免更大的损失或事故。有一次我上夜班做监屏工作，发现3号机在停机状态下，顶盖排水泵启动很长时间都没有停下来，于是就到现场检查，发现顶盖内水位已抽干，由于停泵浮子动作不可靠，导致顶盖排水泵启泵控制回路仍在接通位置，顶盖排水泵不能自动停运。如果未及时发现，顶盖排水泵长时间在无水的情况下运行，必将造成顶盖排水泵的损坏，进而影响顶盖排水系统和机组的正常运行。一件极其微小的事件，因为发现及时，避免了大的损失。这让我再次见识了严谨的工作态度对于正常生产是多么的重要。

运行还有一项最重要的工作便是日常的两票管理了，操作票从撰写到定稿先后经历了操作人、监护人、值长等三个人的审查，其目的就是为了确保人身和设备安全。在许可工作票以前，对于有安全措施的检修工作，工作许可人和工作负责人必须在工作票许可前至检修现场再次确认相关安全措施是否执行完毕，同时工作许可人也要交代一下现场安全注意事项，工作票的每一个人都必须尽到安全职责，尽全力保证检修人员和检修作业安全。正是有了这样的严格要求和制度执行者的严谨作

风，正是有了用“血的教训”写出来的安全规程，才有了电厂的和谐氛围。

在工作中诸如必须持有严谨态度的事情还有很多，比如说每天必须将下泄流量控制在允许范围内，防洪、防凌时的供水运用，引黄济青、引黄济津、引黄济淀时的供水运用等，不能有丝毫偏差。

可以说，严谨的态度不但是我们学习和工作所必须的，而且在其他方面，只要我们能够抱着严谨的心态去对待身边的每一个人、每一件事，那么这个世界一定是个美好的世界。

# 小浪底观涛

李由杰

小浪底水利枢纽调水调沙时所展现的滔滔黄河一泻千里、惊涛拍岸的壮观场面，在上高中时我就有所耳闻，十分渴望能够身临其境，亲眼目睹，但却一直没有机会。毕业后，我有幸能成为了一名小浪底建管局职工，多年的夙愿终于得以实现。

一年一度的小浪底水利枢纽调水调沙试验开始了，我和我的哥们早早来到观赏地点，想占据有利地形，尽情欣赏开闸后巨龙腾飞的壮观场景。然而，和我们抱着同样想法的游人及观光者太多了，他们都聚集在这里，都想占据有利位置仔细观赏、摄影和照相留念，场面怎一个“挤”字形容！

“开始了！开始了！”就在我们正在为寻找最佳观赏地点而踌躇的时候，我的朋友大声叫喊起来。抬头望去，两条巨龙从泄沙洞中腾身跃出，在空中划出两条优美的弧线，呼啸着扑入浑黄的河水中，震耳欲聋的声音响彻云端，腾起的水雾遮蔽了天空，飞溅的水珠打湿了我们的头发和衣服。我们先是被眼前的景象惊呆了，继而开始欢呼起来。我们跳着、跑着，激动和

喜悦浸泡在我们的呐喊声中，仿佛那“腾飞的巨龙”是在为我们伴舞。站在观景台上面看调水调沙又是另一番感受！在下面观看，看到的是“黄河之水天上来”的壮观；在上面观看，才更能体会到“双龙飞腾”的神韵之所在！此时，天空好像在嫉妒调水调沙的壮观气势，也好像要和“明珠”一比高低，竟然出现了色泽鲜艳、五彩缤纷的弧状虹霓，和小浪底水利枢纽调水调沙的场面相互辉映，真是蔚然壮观，让人大有矗立云端无限风光的感觉。



观光的人越来越多，其中还有不少外国朋友。看着来自四面八方的游客争相目睹小浪底水利枢纽调水调沙的壮观场面，看着他们欢快的笑容和不停地合影，我心里不禁涌起了一股骄傲和自豪感。我为小浪底自豪和骄傲，为他的宏伟和气势磅礴而自豪和骄傲，我更为创造了这一切的小浪底人而自豪和骄傲。

我爱小浪底水利枢纽。不仅因为它有调水调沙时的壮观场面，有风平浪静时的温婉美丽，还有它黄河明珠的美誉，以及横跨南北两岸如七色彩虹般的堆石坝面和一字排列巍峨矗立的进水塔，更因为我也是一个小浪底人。

啊，小浪底！即便你没有花红柳绿、莺歌燕舞的美景，但有了水利人移山填河、兴利除害的宏图伟业，这难到不是更好的美景吗？

# 和谐温暖的办公室

史晓洁

上班之前我经常听别人说办公室里的人喜欢勾心斗角、明争暗斗闹不团结，上班之后也着实为此担心了一阵子，但现在我要说，办公室里其实很温暖，同事之间其实也很和谐。

我是小浪底建管局水力发电厂财务部的一名会计，刚到财务部时被安排负责固定资产的管理工作。本来我对这份工作就十分紧张，在主任强调了固定资产在电厂的重要性之后更觉责任重大。工作伊始，由于对固定资产管理的内容和流程不了解，录入卡片、编写资产编码等一些基础的工作都不知该如何下手，这可愁坏了我。

因为我是从同一办公室的戚兴国那里接手这个工作的，他是财务室的老员工，于是我就给自己找了个师傅，平时有什么不懂的就去请教他，而他都会毫无保留地教给我。交接工作之后，他先是把自己对固定资产管理的经验和需要注意的事项跟我详细地说一遍，然后又一步一步耐心地教我应该在哪里增加和录入卡片、怎么编写资产编码，等等。由于固定资产不是每

月都有，所以对固定资产管理这块工作熟悉起来并不是很容易，每次碰到固定资产的结算、卡片的录入、资产编码的编写等我都有点发怵。每当这个时候，师傅都会不厌其烦地指点我，协助我完成本该属于我的工作。在我泄气的时候，师傅还开导我、安慰我，让我慢慢来，别着急。每每这时，我都会很感动，都会在心里默默记下师傅对我的好。

有一次做账的时候，本来科目应该是“应交税金——进项税”，但是由于粗心，我点击的时候点成了“应交税金——销项税”，因为这两个科目是紧挨着的。虽然仅一字之差，但却是两个截然相反的科目。这时距离我独立做账已经有一段时间了。当时谁都没有留意到这个问题，在月末结账的时候还是师傅发现了。我原本以为他会严厉地批评我，但他只是严肃地跟我说了一句话：“做会计一定要细心并且要心细。”然后就走开了。这件事对别人来说可能只是一件小事，但对我来说却意义重大。面对指责我不怕，怕的是师傅失望的眼神。经过这件事情我更加觉得严谨、细心对会计工作者的重要性，也明确了自己今后努力的方向。

还有一件事情，让我明白了会计工作者需要具备的另一个素质——耐心。2009年5月，我们接到通知，要求清查自1995年至2008年的水电费押金挂账情况。由于此次清查工作面临时间跨度较长、单位众多、挂账情况混乱等问题，所以清查起来难度很大。接到这个任务时我一筹莫展，不知道该从哪里下手。我们办公室的李姐知道后主动跟主任提出要帮我一起清查，当时我内心一阵窃喜。因为李姐做事干练、利索，能同时应付好几件事，而且不会有差错，她一直是我学习的榜样。有了这个好搭档我们说干就干，开始了曲折、漫长的清查过程。由于我进局时间比较短，对单位不了解，李姐就一一给我介绍情况，并认真地跟我分析这个账应该怎么查，应该先干什么再干什么，怎么才能避免走弯路、做无用功，等等。有了明确的思路后账查起来就相对容易了很多。具体查到每个单位的时候需要一笔笔翻看原始凭证，具体核查每一笔收据。由于时间跨度比较长，查看的资料很多，时间长了我就有点不耐烦了，就会抱怨为什么这个工作会落到我的头上。这时李姐总会笑呵呵地让我休息一会，她来接着查，并帮助我一起查找分析原因。在我们的共同努力下，历经5个月的辛苦努力，当水电费押金余额跟账上余额全都对上的时候，我们激动地笑了好久……

现在，水电费押金挂账清查工作已经结束了，我从这项工作中学到了很多，特总结为以下两点：首先，要做好一件事情，工作方法很重要，正确的方法可以事半功倍；其次，工作中耐心很重要。

从这两件小事中我看到了同事间的团结友爱，也看到了同事间前辈对后辈的爱护和提携。有人说："世界上没有什么事可以一个人办到，应该有人在旁边不断地鼓励，你才能实现梦想。"我现在生活在这么温暖的工作氛围中，我知道，梦想就在前方等着！

# 鹤舞霞飞西霞院

常伟峰

绿绿的春色，热烈的夏夜，黄黄的秋景，冷峻的冬风，一年四季回转轮回，冬去春来，西霞院反调节水库工程建设就在星移斗转中日新月异，经历了年度完成50万立方米混凝土浇筑的2005年；跨越了斩断大江、截流黄河的大坝蓄水；实现了发电机的轰鸣，电网输送；迎来了良好的工程反调节效益。

怀揣着快乐、平和的心态，日子充实而丰盈，西霞院工程竣工验收在即。在西霞院项目部，我感受到了项目部团结协作、严肃活泼、追求上进的氛围，领略到水利人兢兢业业、踏实严谨的工作作风，感受着他们坦然率直的个性、求真务实的精神。这期间，我也拥有了西霞院反调节水库工程不断取得节点胜利、顺利实现首台机组投产发电的那份骄傲与自豪。我曾为他们写下这样一首诗：我们是一群行者/步履轻盈而有力/在水利建设的征途上/我们的脸上始终带着笑容/我们的心里永远充满阳光/我们的行囊里为祖国水利准备了一切/青春、理想、智慧、激情和力量/我们以我们的青春/书写着我们的人生/我们以我们的人生/

诠释水利人的骄傲和自豪……

“雄关漫道真如铁，而今迈步从头越”。西霞院反调节水库工程竣工在即，我们小浪底人不会满足于过去，正在朝着“管好民生工程，谋求多元发展”的目标前进。

# 将我的一生献给您，黄河母亲

王鹏程

我是个大山里的孩子，跟江河湖泊似乎是绝缘的。儿时的印象中，流动的水只有村边山崖下那眼涓涓流淌的泉水，我曾问过妈妈，那泉水流去哪了呢？妈妈说流到了大海。我又问妈妈，它是怎么流入大海的呢？妈妈说，它流入了不远的小河，小河又把它带入了黄河，黄河又将她带入了大海。那时我知道了黄河，但我对黄河的印象大概就只有这些：她会将山间的泉水带入大海。一次偶然的机会，我爬到了王屋山最高的山峰，远远地看到黄河在广阔的平原上悠然漫步，如丝带一般穿过满目的碧绿。

随着年龄的渐渐长大，我对黄河的认识越来越多，我对黄河的感情也越来越深。黄河，不，应该说是母亲，她用她的九曲十八弯，如同我的妈妈用乳汁养育我长大一般，养育了中华儿女，孕育了华夏文明，谱写了中国五千年的历史。然而我心里却始终怀着一种深深的遗憾，因为我与她之间虽然只隔着一座王屋山，却没有机会近距离地看望她，不能倾听这位伟大母亲的声音，感受母亲对儿女们深深的爱恋。

我终于见到黄河母亲的时候，是大学毕业参加工作成为一名水利建设者的时候。

我匍匐在黄河母亲的身边，仔细地感受着这位母亲的呼吸和脉搏。她有着与妈妈一样温热的胸膛，有着与生俱来的勤劳与朴素，有着浩瀚的气魄，有着奔流入海的执着。她舞起巨龙冲刷下游河道时的潇洒和还两岸儿女平安的高贵品质，给予了我从未有过的震撼。

在黄河母亲的身边，我看到了一群同样深爱着她的人——小浪底工程的建设者和管理者。他们从白雪皑皑的北国走来，从暖意盎然的南国走来，从天南海北走来，从五湖四海走来。他们有的已白发苍苍，有的正风华正茂。他们怀着一颗同样的心：黄河安澜，河山永固，福泽人民。我也见到了这群深爱着她的人们用智慧、汗水、青春高筑的那座巍巍的大坝，小浪底三个大字分外醒目。

我慢慢地走进小浪底，熟悉小浪底，融入小浪底。从一个刚从学校毕业的学生，到一个工程建设者。我了解了小浪底水利枢纽的光荣业迹，也了解了那一群执着的小浪底人，更了解了小浪底精神。

在这里，在黄河母亲的身边。我的兄长，我的姐妹，热情地对待我这个新加入的家庭成员。他们耐心地把他们了解的、熟悉的关于母亲的、关于水的、关于大坝的、关于成长的一切知无不言、言而不尽地告诉了我。我觉得浑身充满了动力，心中充满了希望。我努力地学习，努力地成长，因为我知道我的肩膀上，我们的肩膀上扛着的是那巍巍的大坝，那前人用汗水、用青春乃至用生命高筑而成的大坝，我们的背后有着一双、两双、无数双期盼的眼睛，母亲的安澜牵动着亿万华夏儿女的心。

有人曾问我为什么选择这里，年轻的时候本应是喜欢热闹的，而这里是如此的安静甚至可以说偏僻。我笑了，愉快地笑了。我告诉他，问问每一个选择了小浪底而如今仍不肯离去的兄姐们吧，看一看他们那灿烂、自豪、迷人的笑容吧。不为什么，只为我们都是水电人，只为我们都在为黄河这位伟大的母亲尽一份绵薄之力，只为我们尽情地表达我们对黄河母亲怀有的这份深深的爱，在她的身边我感到踏实和满足，我愿意将我的一生献给她。

# 乐不胜收的小浪底

李明慧

晋豫峡口守天险，澎湃激流至此还。二龙腾飞现奇观，黄河岁岁守安澜。这是小浪底风景奇观的真实写照。

一年前，带着刚踏上工作岗位的欣喜与不安，我来到了这里——小浪底，这个承载了我无数梦想的地方。最初知道它的存在是在课本上，它作为人类成功改造自然、利用自然的典范出现在我孩童时懵懂的意识里。而如今，我已经深深地了解并爱上了它。

小浪底水利枢纽风景区地跨晋豫两省，是以黄河中下游水利枢纽工程、峡谷河流为主要特色，体现黄河山水风光和历史文化的大型山岳湖泊型风景区，是开展观光、休闲、度假旅游的最佳场所。它坐落于洛阳、济源、三门峡一带，横穿黄河南北两岸，南岸为崤山的东北余支，西接汾、渭盆地，东临华北平原，北岸有太行山和王屋山。著名的“小千岛湖”，呈现出极为罕见的壮观景象，慕名而来的游人近年来成倍增长。一年一度的调水调沙，气势雄伟，可媲美钱塘海潮。水库蓄水后在大

坝上游所形成的浩淼水面、曲折河巷与雄伟山势竞相生辉，构成了“北国山水好风光——黄河小浪底”。

黄河三峡融小浪底与王屋山和荆紫山的山水文化与历史文化于一体，是小浪底独特而富精华之地。这里既有南国山水的柔媚与婉约，又不失北方山水的雄健与阳刚。三条峡谷各具特色：孤山峡鬼斧神工、群峰竞秀，龙凤峡九曲十折、峡深谷幽，八里峡峭壁如削、雄伟壮观。

小浪底库区的清晨薄雾轻轻浮起，像白色轻纱温柔地绕在河畔山腰。太阳出来的时候薄雾慢慢地散尽，库区明亮如镜，四周鸟声清脆，是天然的宁静的美；傍晚，看金红的夕阳依着山沉沉地落下，燃起晚霞，霞光映在水面上，荡漾起金色的碎波；夜晚月明星稀，两岸的山都隐在黑暗中，远处岸上的灯光闪烁尽致，明珠似地闪亮在寂静的夜里，珠光点点。游船静静地泊在岸边，依山傍水，四周蛙声一片。在美丽库区的夜晚，乘上游船轻轻地随着水波起伏摇晃，仿佛把人带入梦乡一般。

金秋午后的库区，站在雄伟的大坝上，凭栏临风，尽情地享受秋高气爽。这里有色彩斑斓的山，奇形怪状的云。山影清晰地倒映水中，如诗如画，如梦如歌。

黄河小浪底水利枢纽工程不仅是中国治黄史上的丰碑，也是世界水利工程史上最具挑战性的杰作，还是我国著名的水利风景旅游区，它集小浪底工程文化、山水文化和历史文化为一体。建设它时，凝聚了多少工作人员的血汗。当然，这一切震撼还只是表象，更让人感动的是这条养育我们但却让治黄人头疼数千年的河流终于被驯服，在汛期它不再肆虐，兢兢业业地发挥着它发电、灌溉等工作。

在我们这里，“一个职工一个形象、一个党员一个榜样、一个党员领导干部一面旗帜”是我们的行动准则，我们正在以科学发展观和可持续发展治水思路为指导，顽强拼搏，开拓进取，求实创新，沿着“管好民生工程，谋求多元发展”的既定目标，为开创小浪底建管局科学和谐发展的新局面而努力奋斗。

工作已经一年了，对小浪底水利枢纽的认识更加深刻，我知道自己虽然只是这里的一名普通职工，但我会以百倍的努力，传承小浪底人的精神……

# 绿色小浪底

韩石成

1997年7月，小浪底水利枢纽工程建设工地正热火朝天，巨型施工机械轰隆作响。从刚刚停稳的中巴车上，走下了身背行囊的我。踏上这块热土，放眼望去，脚下尘土飞扬，山上植被斑驳，母亲河静静地流淌，虽然已到了汛期，仍然波澜不惊。“唰……”施工道路上缓缓开来一辆驮着巨大水罐的洒水车，黄土混合着水变成泥浆，在烈日下蒸腾，又变成松软的如面粉般细细的尘土。这就是我即将工作的地方，这就是小浪底给我的第一印象。

为了使我们迅速融入建设者大军，在一个月的时间里，我们这些新来的大学毕业生被安排到工程现场参观，听专家详解工程奥秘，组织业务学习和交流，开展文体活动。一个月后，我不仅了解了小浪底水利枢纽工程的基本性能和工作情况，还明确了自己将要担负的使命——接机发电。为了这份责任，刚毕业的我们又奔赴全国各大电厂进行发电运行检修专业培训。

大河截流的时候，我在异地他乡，因为有梦想，所以每天工作、学习、生活，充实而快乐。那时我们每一个人的心中都在描绘属于自己的梦想，梦想着小浪底水利枢纽在我们的手中变了模样；梦想着巨型水轮机启动的按钮由我们亲自按下；梦想着黄河母亲从此安澜，高峡出平湖；梦想着小浪底变得如同江南一般水美山更美，不再有尘土飞扬……

1999年我回到小浪底，成为一名运行员工，开始了发电设备紧张的现场安装调试和试运行工作。在地下厂房，白天和黑夜没有了区别，时间好像凝固，终于我实现了我的一个梦想。当我站在中控室调度台，接受开机发电的指令时，激动的心情久久不能平静，从此河南电网将注入一股清流，我们的生活变得更加绿色环保。

2000年春天的植树节，工程建设者用平时拿惯了图纸和施工机械的手提起铁锹，来到黄河岸边，种下了一颗颗树苗。他们仔细地为树苗培土浇水，安排专人照看，就像呵护自己的孩子一样。黄河故道（由于兴建小浪底工程，坝址处黄河改道，部分河段纳入了坝后保护区成为黄河故道）两边原本光秃秃的土地好像重新焕发了青春，长出丝丝秀发。

2000年、2001年夏日，轰隆的水轮机停止了转动，干旱像魔咒一样困扰着母亲河，黄河不能断流，即使不发电，也不能让母亲的乳汁干涸。水库水位一降再降，黄河水坚强地奔入大海的怀抱，赴一场久违的约会。小浪底水利枢纽如今已安全运行10年，10年间黄河不再断流，文明不断延续，汩汩清流不仅滋润了沿黄居民，改善了河口的生态，而且调水北上天津、白洋淀，滋润了华北平原。



2002年，小浪底水利枢纽终于积蓄起足够的力量，人造洪峰怒吼着奔向远方，冲刷着高耸的河床。在几代治黄人的努力下，首次调水调沙取得了巨大的成功，从此我们开始了运用全

流域统一调度、控制下游河床抬高趋势、提高河道行洪能力的调水调沙运用，从2002年到2009年，9次调水调沙，不仅制造了黄河之水天上来的壮观景象，还把下游行洪能力提高到4000立方米每秒以上，河道下切1米，下游居民安居乐业。

水库蓄水10年来，枢纽管理区的空气变得渐渐湿润，原来不毛的山坡不见了，当年稚嫩的树苗长成了茁壮的大树，坝后保护区俨然成了植物园，成为人们休闲的天然氧吧。徜徉在充满绿色的小浪底，心情不由变得豁然开朗。当年的梦想如今已经变成现实，新的理念深入人心，人与水的和谐相处在小浪底谱写了美丽的华章。

# 冒雨植树记

朱旭萍

“分厂办公室通知植树节当天不当班的员工，早七点半在枢纽管理区办公楼门前集合，参加由团委组织的团员青年植树节共同植树活动。”

植树节前夜，在洛阳接到电话通知，当时心里不由得有点郁闷。因为倒班休息的时候被拉回40公里开外的枢纽管理区，因为没有直通公交车，天还下着雨——

第二天起早赶回枢纽管理区时，雨渐小，团委组织人员考虑得很周到，为每一位团员发放了一次性雨衣。大家徒步向植树地点——东山进发。下雨的缘故，小路变得有些泥泞。前面“大个子”的一只鞋被泥巴黏住了，此刻的他鞋与脚分离，“金鸡独立”，手拿铁楸极力地保持平衡，似乎在表演慢动作，引来我们的阵阵欢笑。虽然这场春雨的来临给我们造成了困扰，但是丝毫不影响我们植树的心情。

来到目的地，一股清新的空气填满了我的胸膛，我的心情一下子愉快起来。大家也忘记了天空正在下着的小雨，拿起工

具，三个一群五个一伙的忙起来，有的挖坑，有的搬运树苗，时不时传来一阵阵欢快的笑声。“超人崔”干得正起劲，光亮的额头不知是汗水还是雨水。李哥迈着矫健的步伐，扛了一棵树苗过来。照着李姐教的植树口诀，大家扶树苗的扶树苗，铲土的铲土，分工合作，你一铲，我一锹，轮番上阵，填上一层土再用脚使劲地踩实，好让小树牢牢地扎根在泥土里。不一会儿，一颗树苗栽好了，每个人的鞋上也混着雨水粘满了泥巴，好似都穿了高跟鞋。小姜和立鱼儿围着刚刚栽下的小树，踩了又踩，拔一拔试试，再踩几下，生怕踩不实似的。我不禁自言自语，这样才能保证成活率嘛，要对这些小树苗负责任。

休息的空档，我发现这里的视野很开阔，小浪底大坝、吊桥、坝后生态保护区尽收眼底。初春的小浪底，有一丝荒凉，万物都在复苏中。漫山遍野的小树，衬着蔚蓝的天空，真是太美了，不禁让我想起工作、生活的点点滴滴。还记得吗，春天来了，我们踏春坝后生态保护区，这里草长莺飞、丝绦拂堤、碧波涟漪，留下了我们一串串银铃般的笑声，我们早已深深地被这片土地吸引了。真的，我们也是风景的一部分呢。还记得吗，炎热的夏季，在紧张的调水调沙期间，我们有幸欣赏到了“黄白二龙”戏水、狂龙起浪、云底生烟的壮观景象，给我们平静的生活增加了波澜；还记得吗，收获的季节里，全局上下共同努力，不论节假日，充分利用秋季水库出入平衡运用的有利时机，在上游来水量较大的情况下，为完成今年的发电任务奋斗着；还记得吗，寒冷而又看似慵懒的冬天，我们的任务更加艰巨，抗旱、防凌、发电，我们时刻准备着，为完成一场漂亮的战役而努力着，社会效益和经济效益的双赢就是我们最终的目标！

如今，四季轮回，春季已到，润物如酥。春天是一年中最美丽的季节，古往今来的人们几乎用尽了所有美好的词语诗句来形容、赞美明天。春天，带给人生命力，带给人希望。我们在这个美好的季节里种下树苗，种下希望，愿小浪底的明天，山美、水美、人更美！

# 小浪底的四季

刘　耀

小浪底水利枢纽位于河南省洛阳市以北40公里处，这里是黄河干流穿越峡谷河段的最后一段征程。周围山峦叠嶂，树木葱郁。因为有了小浪底水利枢纽，河道上游形成了广阔的水域。

阳光照射在清亮的水面上，泛起粼光，向外荡漾。水绕过层层叠叠的群山，绕过各种郁郁葱葱的花草树木。树叶儿遮住热情的太阳，在树下投上斑斑驳驳的树影。

春冬之时，山托着腮静静聆听水欢快地歌唱，将丝发垂进水中，与水一起荡漾。水倒映着婀娜多姿的树木，穿过石头间的缝隙，透过柳的记忆，带着白色的泡沫直泻而下，一路上畅快淋漓，与大地相拥。

夏天，清澈的水冲去炎热，带来凉爽。这时候，坐在大片树荫下，感受山间的静谧，感受阵阵凉风和树叶沙沙轻响，心便如同山间的一泓清泉，澄澈宁静。手指浸入澄澈的水中，水与指尖缠绵。这水啊，使人禁不住要尽情挥洒在脸上，手上，臂上，将凉意与舒畅带进心里。水流湍急，磨平了岸边尖锐的石头。石头却将水击碎，变成无数浪花，又融入水中。水浪毫无倦意，如孩子般充满活力与朝气。偶尔，山间传来一声清脆的鸟鸣，却是“鸟鸣山更幽”。鸟的音乐在群山的伴奏下，如水波般一圈一圈地漾进山林，树木便尽情地舞起来了。水牵着鸟的手，向前不停地流淌着。

秋天，树叶落进水中，在水面上优雅地旋转了几下，叶尖与水之眉亲昵地拥吻，跟着水进行了刺激的旅行。

山、水、树、鸟，构成了完美的小浪底枢纽管理区。

四季不同，枢纽管理区的美也不同，小浪底给人的感受更不相同。

# 魅力观瀑节，解读“守门者”

杨　燕

提起小浪底水利枢纽的观瀑节，许多人脑海里都会浮现出这样一幅画面——巨龙横空出世，奔涌似千军万马，响声如雷，在空谷中回荡，跌落时如排山倒海，激起的水雾飞珠溅玉般飘散，在阳光的照耀下折射出一道道彩虹。

殊不知，这壮美的风景背后，饱含了多少小浪底人的心血与汗水。这里，我就说说水工建筑物运行维护的职工们。接触他们之前，我总是天真地认为——他们的工作太容易了，无非就是提提落落闸门么！历经2009年的调水调沙之后，我深刻地意识到了自己的错误——那份看似一般的工作，其实并不简单！

2009年汛期到来之前，电厂水工分厂金结室对每一扇闸门都进行全面的检修维护保养，消除设备存在的各类缺陷及故障，并对闸门进行全面的测试，保证每扇闸门在最佳运行状态。

为确保做好每一个细节，他们经常错过午饭、晚饭；为弄清设备缺陷原因及正确处理每一个故障，晚上加班加点甚至通宵工作对于他们来说也早已是“家常便饭”。但是，从来没有人抱怨。他们常常打趣说：精神食粮更能填饱肚子，有星星和月亮陪伴，工作会更有精神！

及时准确地完成闸门启闭操作，精确控制洪水出库流量，是顺利完成每一次调水调沙的关键工作之一。

6月16日，水工分厂金结室全体工作人员在室主任赵子涛的带领下，再次对三条排沙洞工作门、三条明流洞工作门进行了闸门小开度有水动作试验，试验结果闸门运行正常，各项参数均符合要求。试验结束时，大家那原本绷紧的神经都得以稍稍的放松，每一个人那满是汗水的脸上都露出了久违的笑容。毕竟，在闸门守护者的概念里——黄河第八次的调水调沙已经有了一个良好的开端。

6月18日中午11时55分，调水调沙预泄正式开始。从西霞院反调节水库5扇闸门同时开启的那一刻，这些可爱的“守门者”就开始了“三班倒”的24小时工作制。

两小时一次的巡检制度、不间断的调度指令使大家几乎没有任何时间得以休息。尤其是上夜班的工作人员，更是需要付出百倍的艰辛。

还记得第一次上后夜班的那个晚上，与前夜班的工作人员认真细致地交接之后，我便开始了紧张的忙碌。

了解了当天白班和前夜班的闸门运行情况之后，组长王宏飞开始安排工作：“我和王刘安去排沙洞巡检，王予伟和徐黎阳去孔板洞巡检，杨燕留守监控室接听水调电话，有情况立即与我们保持联系。”

男同事们都去现场了，剩下我一个女同志守在偌大的监控室里，心里难免有一丝恐惧。然而，当那恐惧还未来得及在我的潜意识里蔓延，电话却先响了起来。

“喂，你好，闸门监控室。”我拿起电话。



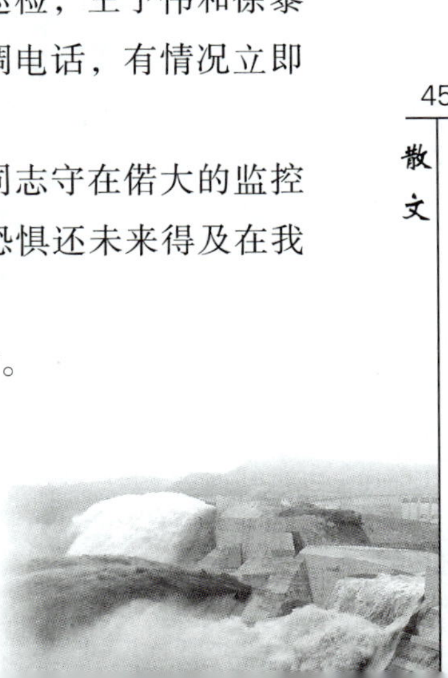

“你好，我是调度中心，请你们立即提起2号排沙洞工作门，开度3.63米。”对方开始下达命令。

“王宏飞，王宏飞……”我拿起对讲机开始呼叫。

……

随着我的呼叫，这个星空璀璨的夜晚开始繁忙起来。水情就是命令，接下来的8个小时里，监控室的电话不断地响起，我们这一组的四个男子汉整整在现场忙碌了一个晚上。

当他们回到坝顶控制楼的时候，嬉闹了一夜的星星们也早已经回去休息了。看到他们那四张写满疲惫的脸庞和那四双充溢着血丝的眼睛，我的心里满是感动。

下班回宿舍的路上，我问他们是不是每一次调水调沙都这样。他们的回答却再一次触动了我内心深处最柔弱的部分：“忙点没啥，把门看好了，黄河两岸的老百姓就安全了，咱们就高兴了！”

7月3日，历经16天的黄河第八次调水调沙最终取得了圆满的成功。此次调水调沙共启闭闸门210次，经过金结室全体人员的共同努力，闸门启闭成功率达到了100%。

调水调沙结束的那天，我又一次想起了金结室主任赵子涛时常提起的一句话——“不经一番寒彻骨，哪有梅花扑鼻香”。正是缘于金结室全体人员对设备的精心维护与充分准备，才使得调水调沙工作顺利地进行。

如今，这些小浪底的“守门者”同样以饱满的热情，高度的责任感坚守在工作岗位上，默默地奉献着、辛勤地耕耘着。

# 梦开始的地方

李其轩

每当有人问我是哪里人时，我都会很自豪地回答：我是小浪底人。小浪底水利枢纽——黄河中下游最大的调节水库，万里黄河的最后一道峡谷的出口，它控制着黄河90%的水量和近100%的沙量，是中国治黄史上的一个里程碑。

在学生时代，小浪底水利枢纽在我的印象里面只是一个模糊的概念。来到小浪底后，听多了老同志们讲述的关于工程建设时期的故事，我才知道小浪底人为黄河治理开发付出了多少的心血和汗水。当然，在这些故事中，听的最多的是工程的重中之重——二标工程的索赔与反索赔、赶工确保工程如期截流的故事。

小浪底水利枢纽工程的建成，使黄河下游的防洪能力由以前的60年一遇提高到千年一遇，完美解答了毛泽东主席的难题——“黄河涨上天怎么办？”前辈们的努力没有白费，小浪底水利枢纽工程建成后连续9次的调水调沙，使下游河道的过流能力大大增强；黄河下游年年实现安全度汛；小浪底水库的调节

作用，使有限的水资源得到优化配置，实现连续10年不断流，基本解除了20世纪80年代至90年代频繁断流的危机。小浪底的作用远不只这些，防凌、发电、灌溉、每年的引黄济津、引黄济淀……

所有这一切，使我深刻地认识了小浪底水利枢纽，了解了小浪底水利枢纽，也给我的心灵以极大的震撼。我不再感到无聊、空虚，因为这里有太多的知识需要去学习，这些代表着当时最先进的技术充实着我的每一天。

小浪底建管局是一个充满和谐、团结、积极向上的地方，是我梦开始的地方，我以我是小浪底建管局的一员而自豪，我衷心地祝福小浪底水利枢纽——明天会更好！

# 默默的守望

赵志民

到小浪底建管局工作已经十个年头了，如果让我说一下，对于小浪底水利枢纽这个朝夕于斯的地方，这个我付出十年青春的地方，有什么看法和印象，还真一时不知从何说起。

2000年我来到小浪底，那时工程建设已经接近尾声。及至现在竣工验收顺利通过，完成了从工程建设到运行管理的过渡。说实话，身处这样运作有序、管理成熟的环境中，虽然反复观看当年建设的纪录片，深入工程的各个角落，细心揣摩和想象，但，毕竟没有经历过，我终究很难体会当年建设的艰辛和磨难。就像现在，即使让我走完长征路，也绝不会知道当年的感受。



我想，能够参与这样一场浩大的工程建设，真是前辈们的无上光荣。若早生几年，我也绝不会退缩，甘愿为这片热土抛洒自己的青春和热血。可是现在一切忽然平静了，像风雨过后，像战争结束。我这十年，在享受水利前辈劳动成果的同时，又做了些什么，又有着怎样的意义呢？我一直没有思考总

结过。

小浪底水利枢纽有6台水轮发电机，每台机组30万千瓦。上班的时候，我几乎每天把它们开起来、停下去。因应干旱、洪涝、凌汛等情况的变化，随着电网负荷的峰、平、谷的走势，严格执行水利和电力部门的各种指令，谨小慎微，十年来，几乎没有出现过差错，我只知道这是我的工作职责，应该做好，别的原因没有想过。工作平常，日子平淡，虽然有一些小的荣誉，但总的来说还是小浪底默默无闻的普通一员。

几天前，我看到了原小浪底建管局副总工程师的博客，他对当年工程建设的整体和细节都进行了如实的描述和分析，字里行间透露出老一辈水利工作者对事业的执着和高度的责任感，充满着强烈的爱国主义情操，展示出老一代工程技术人员精湛的技术和过硬的本领，他们把对党的热爱和对人民的负责，用行动落实到工程建设的每一个环节中。这是怎样的一种精神境界呀。我在感动之余，也开始思索。很多我所经历过的、印象深刻的、让人感动的事情开始在记忆里闪现。

最先跳入脑海的就是每年的调水调沙了。我曾经有三次负责利用小浪底水利枢纽的闸门监控系统，实现闸门启闭。在整个调水调沙过程中，必须保证每一扇闸门以精确的开度，准时启闭。那时实行24小时值班，每天我们都要对启闭设备和闸门细心检查，任何蛛丝马迹都要慎重处理。在随后的6次调水调沙中，情况有所不同——监视枢纽6台机组的满出力平稳运行，避免有任何故障导致的减出力或停运，跳闸停机更是不允许的。相同的也是24小时严阵以待，些许异常绝不放过。就是这样9次调水调沙，每次都充满刺激和艰辛，每次都令人回味，感谢所有人，每次都圆满完成了任务。

还有，就是今年春天，华中地区大面积干旱，小浪底水库按照水调指令严格控制每天的下泄流量，为了不浪费每一立方米水资源，必须控制误差范围由原来的10%、5%减到3%以内。为了达到要求，我们运行人员彻夜不眠，根据反馈的实时水情，不断反复计算。同时积极沟通电力调度部门，使得每一次开停机和出力申请，都能得到批准。早晨是能否实现全天精确控泄最关键的时段，当朝阳升起，我看着实时数据逐渐走向目标值，虽然是疲惫不堪，但心里充满了喜悦和满足。同时，对电调同行也充满了感激之情，钦佩他们的大局意识。

那时候，我想，一件平常的事情，如果能够从更深的层次，更高的意义上去认识和思考，我们就会把它做得更好、更完美，甚至不同寻常。更进一步，如果我们整个民族能够一直这样团结向前，还怕什么困难，还有什么理想不能实现呢？

……

如果说这是我经历的一些不平常的事情，那么纵观我们水利人、我们小浪底人，几代艰苦奋斗、如履薄冰似的一路走到今天，相比而言，这些原是不值一提的。

另一方面，小浪底水利枢纽从艰辛的建设到平稳的运行，我们每个人都为之努力付出，如果说有一些事情发生，那也是社会的需要和时代的选择。换位而言，每个人都会如此。如果再将这些一并打入历史长河中，同样，都如一粒微尘。

所以，就是这样，如是而已。

回首走过的路，我把自己定格成了一个小浪底水利枢纽默默无闻的守望者。



守着一弯大坝，望着一泓碧水；

守着启闭自如的闸门，期待着万亩良田、五谷丰登；

守着隆隆旋转的机组，想象着万家灯火、亲人团聚；

守着前辈奋力顽强开辟的战场，期望着能够不负重托、继

往开来……

这个守望者，无疑已经成为小浪底水利枢纽的一部分，纵使化为微尘，也会守在大坝上，让河山永固，造福人民。

# 年轻的小浪底

成　超

相对于黄河上的其他水利枢纽而言，小浪底算是挺年轻的一个。如果以年龄而论，从开工到现在小浪底水利枢纽已近20岁。这恰像一个刚刚趋于成熟、充满活力的青年。这样的年轻，是一种财富，也是一种优势。

小浪底水利枢纽的环境很年轻。跟随着时代的脚步，建设绿色的生态家园，这里的一切都充满春的气息。无论工区内部还是坝后保护区，放眼望去，一片翠绿。碧波、绿树、青草、蓝天，构成一幅美丽的图案；清新的空气，荡漾于青山绿水之间，不仅吸引着大批的游客，更是吸引着各种鸟儿来此筑巢嬉戏。偶然一次下班途中，我步行经过铁桥，草场上一片欢腾的景象。放眼望去，密密麻麻、叽叽喳喳，大概数了一下，有60只喜鹊呢。那一刻，我的心情是狂喜夹杂着担忧：喜于一个成长于现代城市里的人能有机会看到如此场景，忧于担心自己的出现吓跑这许多祥物。于是我踮起脚尖，拿出相机，想把此景做一永久保留。只是伴着“咔嚓”一声，鸟儿群起而飞之。看



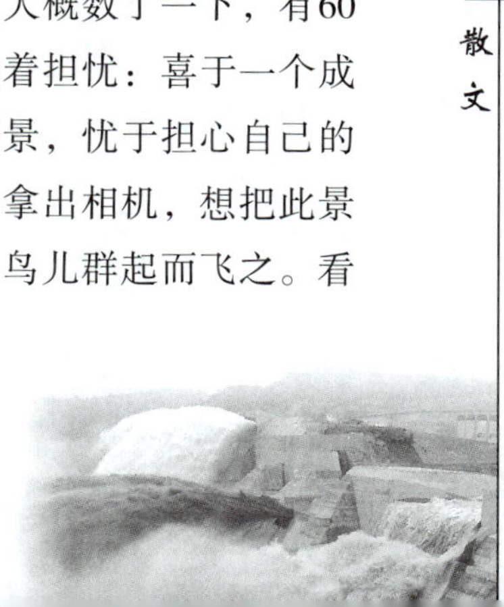

着相机里存留的照片，心中升起一种怅然若失的感觉，后悔惊动了它们，但我相信，有这样的环境，它们还会回来的！

小浪底水利枢纽的技术设备很“年轻”。就像前面所说的，这里的一切都好比20年华的青年，充满能量和活力。那么它的技术设备也正是这种能量和活力的体现。先进的技术，完善的设备，在整个工程的各个部位发挥着最大的优势，使小浪底水利枢纽具备了防洪、防凌、发电、灌溉、减淤、排污等多项重要功能。从整个运行情况来看，有很多次异常得以避免，都得益于设备的高稳定性和保护动作的高准确性。但是20年华也是个易于躁动的年龄，叛逆的个性便是一个体现。这样的时候，总不能听之任之，而是要加以引导和改造，让它往更好的方向发展。于是成长于小浪底水利枢纽的一批年轻人，便挑起这样的担子。在逐步摸索实践中，完成了诸如推力油槽甩油、筒阀发卡关闭不严等等问题的设备改造。就是这样，年轻的小浪底水利枢纽一步一步稳定地向前走着。

小浪底水利枢纽的人很年轻。年轻的工程，年轻的人，相依相伴，共同发展！年轻人的思想是活跃的，于是每天工作的周围总有很多欢声笑语；年轻人的认识是先进的，我们能看到差距，于是有了追赶并缩小差距的决心；年轻人的脚步是迅速的，于是我们上下一心、不甘落后于人；年轻人的求知愿望是迫切的，于是我们勤于钻研、刻苦学习；年轻人的态度是认真的，于是工作中我们一丝不苟、严谨对待；年轻人的奉献是无私的，于是哪里需要、哪里就有我们的身影；年轻还有很多优势，可是，我们总有一天会老去！不过，我眼中的小浪底，会让我们的心永远年轻！

# 秋夜颂

代永信

这是一个举国同庆的夜晚——当零点的钟声敲响华夏大地的时候，当人们在为共和国60华诞欢呼雀跃的时候，你们却疾驰于地下厂房里，只有隆隆的机组做伴。

这是一个团圆祥和的夜晚——当温柔甜蜜的恋人花前月下、海誓山盟的时候，当饱经沧桑的老人儿孙绕膝、安享天伦的时候，你们却穿梭于进水塔中，唯独高耸的门机为伍。

这更是一个秋风袭体的夜晚！作为电厂的基层领导，在结束了8小时正常工作之后，你们依然留守在工作现场，从开关站到大坝上，遍布了你们的足迹；从中闸室到结构房，写满了你们的目光；从夜幕降临到天初破晓，时时闪现着你们的身影；饥寒交迫、疲惫不堪，但你们没有退缩，因为你们肩负着神圣的使命，为着一个共同的理想而奋进。

从你们的身上，我看到了昔日的风采，年轻的你们意气风发、壮志凌云，望尽人生路；从你们身上，我读出了曾经的艰辛，坚强的你们衣带渐宽却无怨无悔，为了小浪底水利枢纽而

日渐憔悴；如今，当我再次审视你们，我感受的是你们居安思危、防患未然的淡定，和那运筹帷幄、成竹在胸的从容。

解读你们，是因为敬仰；歌颂你们，源自于感动。你们就像大坝的守护神屹立在黄河之上，风风雨雨地守望了十余年，把青春年华挥洒在滔滔的河水中，把苦楚辛酸埋藏在绵绵的山脚下。回望着小浪底的沧桑巨变，你们欣然地笑了，苦苦追寻了二十载，蓦然回首，在那灯火阑珊的地方，你们找到了那原本就属于你们的幸福。

遥望那霓虹闪烁、流光溢彩、车水马龙，一切都如此美妙；再看这母亲河上、鸳鸯戏水、白鹭冲天，万物亦尽显祥和。所以，不论身在发电机组旁，还是身在泄洪闸门边，你们从未感到疲倦和寂寞，为着自己那光荣使命和崇高信念而奋勇向前。

当你们漫步于巍巍大坝之上，仰望着月夜星空，你们自豪地笑了，新中国60年的风风雨雨中，闪烁着你们的光亮；母亲生日的吉庆时刻，有你们丰厚的贺礼。你们是千千万万个家庭团圆中秋夜最有力的保障，你们更是对小浪底水利枢纽建设管理局“三个一”精神最完美的诠释。小浪底建管局因为你们的付出而蒸蒸日上，小浪底水利枢纽因为你们的存在而灿烂辉煌。

这又是一个令我鼓舞振奋的夜晚，面对你们，我激情澎湃、感慨万千：一夜秋风凋碧树，凋不息你们抛家舍业、以岗为家的激情；满地余寒露凝霜，凝不住你们上善若水、大爱无疆的气魄；你们比春日的阳光还明媚，比出水的芙蓉更高雅，犹如深秋的硕果香甜迷人，更似纷纷的瑞雪轻柔圣洁。

这还是一个充满神奇的夜晚，你们就是跳动的精灵，闪耀在小浪底的夜空，赋予了人性的高贵；你们就是飞舞的天使，划过了神州大地，谱写着小浪底水利枢纽那华美的乐章！

# 守望幸福

崔　皓

与我在同一个办公室的小杨，是2006年大学毕业后来到小浪底建管局的，由于年龄相差不大，闲暇之余，我们总会一起聊聊工作、谈谈生活。有许多次，在我们的交流中小杨都无意识地抱怨起她的爱人——小崔。而内容则基本上都是小崔忘记了她的生日、忘记了情人节、晚上又在工地呆了一夜……

他们这对小夫妻已于去年10月份在小浪底水利枢纽的见证下步入了婚姻的殿堂。在许多人的眼里，他们都是甜蜜而幸福的——两个人同在枢纽管理区工作，不必忍受夫妻分居的苦楚。然而，在我们这些知情人的眼中，小杨的幸福却别有一番滋味。

小崔，是一个皮肤略显黝黑、身体略显瘦弱的小伙子，但干起工作来他可丝毫都不含糊——周末不休息、晚上加班开夜车对于他来说都如一日三餐般平常。每次提起他，小杨总是“恨恨地说”——工作狂一个！我们总是嬉笑着回应她：那你还嫁给他？

这周一一上班，我就觉得小杨情绪明显不对，试探着问道：

“小杨，怎么了，是不是你们家那个工作狂又惹你不高兴了？”小杨顷刻间涨潮般向我倾诉起来。

“你说说他（小崔），不知道心疼别人也就算了，连自己也不知道心疼，你看看今年过年以后，他几乎每周都加班，每天晚上三更半夜才回家，从来都没有时间陪我逛街，这些我也都不计较了。”小杨的眼圈开始红了起来。

“前几天他开始发起烧来，而且一直没有消退的迹象，每天晚上我都陪他去职工医院输液到很晚。从他发烧那天起我就让他请假休息，可人家死活就是不听，依然我行我素。”小杨的情绪明显激动起来。

“你说平时我也就不说了，周末了我让他休息休息，去洛阳的大医院看看，他非要加班，说什么工地上正施工一定要在现场盯着，必须保证工程质量，自己的病是小事一桩。”小杨抹了把眼泪。

听完了小杨的哭诉，我真的不知道是该替小杨数落小崔的不是，还是该为小崔这种敬业的精神而感动。但是我知道，小杨的这番话已在不自觉中表露出了对小崔的心疼。

我只能劝慰小杨说：“好了，好了，别生气了，他还不是为了让工程质量都能得到保障，这种舍小家为大家的新时代好青年都让你给碰到了，你还不知足啊？你要再这样小心眼，小崔可真被别人抢走了啊！”

小杨破涕为笑了，可是嘴里却还在念叨着：“被别人抢走才好呢，省得我整天为他的安全操心。”

昨天去食堂吃饭，刚好碰见小崔和小杨。看见小两口恩爱的样子，我明白，矛盾已经化解了。

我趁机打趣道：“工作狂同志，你能不能多抽出点时间陪陪我们小杨？不能总是把正值青春年华的小杨同志一个人丢在家里，你得负担起做丈夫的责任啊！”

小崔腼腆地笑了：“为了保证项目的工程质量，许多老同志都没日没夜地守在工地上，咱一个年纪轻轻的小伙子多花费点时间精力又算得了啥？小杨能理解我，趁自己年轻多实践点，多学点东西，等我和小杨都老了，干不动了，我就每天都陪着她。”

朴实的话语，却折射出了一个80后的青年人敢于吃苦耐劳、不断积极进取的优良品质；轻松的心态，却反映出了小浪底青年人那舍小家为大家的伟大精神。

吃完晚饭，我目送小两口手挽着手走出食堂。回想起小杨曾对我说起的点点滴滴，我突然明白了——那不是真正的埋怨，那是因为爱而萌生的“醋意”。也许，小杨也早就明白了一点——小崔是爱自己的，但是他同样深爱着自己的工作，既然都是爱，那又何必去计较谁得到的更多一些呢？

今天早上再次见到小杨，她的脸上满是笑意。此时，我很想祝福他们，也同样深深祝福小浪底水利枢纽和所有与小浪底水利枢纽朝夕相处的人们——永远幸福平安！

# 水 缘

李亚丽

中华民族是一个亲水的民族，我们的祖先，在黄河两岸、长江之滨，择水而居，随水而迁，辛勤劳作，书写了五千年的华夏文明史。可以说：水是华夏之根，生态之魂，生存之本，生命之源。

1997年10月28日，一个让世人瞩目的日子，中华民族在母亲河上实现了大河截流，建造了黄河小浪底水利枢纽工程。从此小浪底人以黄河水文化为依托，开始书写属于我们建管局的灿烂篇章。经过十几年的励精图治，如今的小浪底水利枢纽，已经成为享誉国内外的知名工程，也是家喻户晓的企业品牌。

悠悠岁月，鉴史唯水；兴修水利，强国富民！从大禹治水的开天辟地，到三峡工程的举世瞩目；从郑国渠的开篇之作，到皂河治理、引乾济石、产灞治理、引胥济黑的巨匠手笔，功在当代，利在千秋。治理水患，兴修水利，成为了一个亘古的话题，水利人在中华民族史书上写下了壮丽的一页。水，就是一面镜子，它折射出一个民族对人民的重视，折射出一届政府对百姓的关心，折射出“水世界”日新月异的变化，更折射出一代代水利人的无私奉献精神。

我们水利工作者，就是汪洋中的一滴水，我们的工作目标就是要通过“解放思想、改革开放”推动科学发展、促进社会和谐，折射出党和政府的光芒，把党和政府的关怀和爱送到群众的心上！

2009年小浪底水利枢纽工程顺利通过竣工验收，由此，小浪底水利枢纽建设管理局正式步入从“建管并重”到“管好民生工程、谋求多元发展”的轨道。面对新起点、新形势、新任务、新挑战，局党委审时度势，紧密结合实际，提出在全局职工中深入开展“三个一”主题实践活动，一种自我加压，更是对全局职工和党员干部发出向新的更高目标攀登的集结号。所谓“三个一”，即“一个职工一个形象，一个党员一个榜样，一个党员干部一面旗帜”，它代表了我们小浪底人的宣言，囊括了我们小浪底人的智慧，塑造了我们小浪底人的形象，是我们小浪底人永远的行动准则！

作为小浪底建管局职工，我们的一言一行、一举一动，无不代表着小浪底的形象。一叶而知秋，一点水可以折射太阳。一个人的形象和行为，事关全局，一荣俱荣，一损俱损。小浪底建管局的整体形象正是每个职工个体形象的累积。因此，作为小浪底的一员，应该倍感责任重大。

山没有悬崖峭壁就不再险峻，海没有惊涛骇浪就不再壮阔，河没有跌宕起伏就不再壮美，人生不经历磨难和历练又怎能坚强？现在，我虽已脱去军装，但两年的军旅生涯已经锻造了我强健的体魄和坚强的意志，塑造了我严明的纪律和优良的作风。我相信，走向新岗位的我仍将以军人的姿态去迎接生活中的每一次挑战！以党员的标准、军人的作风履行保卫职责，以优质

的服务提升工作的质量，以满腔的热情树立党员的形象，用我的青春书写小浪底人的骄傲。

作为一名小浪底人，身在这样的集体中，就像一滴水融入了长江、大河，奔向了浩瀚的大海。我为身处这样的集体而自豪。每天早晨醒来，我都会告诉自己：用微笑去面对生命中的每个人每件事。有人说：“分享是一种智慧，共荣是一种乐趣”，不知不觉我来到小浪底建管局这个大家庭已经半年了，在与同事们相处的每一天，都让我觉得工作的最大乐趣在于通过大家的奋斗与合作才能获得思想的升华，实现人生的价值。



雄关漫道真如铁，而今迈步从头越。回首走过的日子，展望小浪底的明天，我庆幸我生活、工作在这个激情创造精彩的团体！我将和同事们一起，以时不我待的紧迫感和忘我的热情投入到新的工作中去，为把小浪底水利枢纽建设得更加美好贡献一己之力！

# 我的光头师傅

丁媛媛

“踏踏实实做人，认认真真做事。”这是我的师傅教给我的最真切的一句话。虽然简单，但是却意味深长。

做为一名小浪底建管局大家庭的新成员，我怀着饱满的热忱和精力走进运行值班员这个岗位，师傅韩宏斌的一言一行都深深地影响着我。他经常告诉我：“工作一定要有责任心，用心学技术，学到脑子里的才是真本事。要多思考，做到知其然，知其所以然。”朴实的话语深深地印在我的脑海里，我想只有不断扩充自己的知识面，夯实业务基础，才是学习的根本。

工作中的师傅总是眉头紧锁，认真研究图纸，认真做笔记，勤勤恳恳，孜孜不倦。在师傅的身上，我看到小浪底人强烈的工作责任心和高涨的工作热情。

十一前夕，我们在巡检地下厂房水轮机层的1号水车室时，师父发现顶盖排水泵的压板掉落并且向外喷水的水量较大，立即向值长汇报现场情况，并通知维护部门进行抢修。在上位机监屏的工作人员针对顶盖排水泵每次启停时隔和时间进行记录，

时刻观察有无异常情况。看似一个普通的巡检工作任务，稍有疏忽都有可能造成更大的事故。正是因为师傅的细心和认真，及时发现设备异常，并冷静且快速地做出判断，通知有关部门正确地进行处置，从而使事故的损失降到了最小。

这只是我师傅平常工作的一个镜头，也是我师傅众多此类故事中的一个。由此可以看出他的工作态度，也折射出当代小浪底人爱岗敬业的精神。

# 我和小浪底的缘份

贾春雷

第一次随媳妇拜访亲戚，年事已高的姑奶询问我在哪里工作，我脱口而出：“小浪底！”“小浪底？是什么？”“是枢纽管理区……”话音还没落，就被媳妇给抢断了话茬：“就是洛阳附近的一个叫小浪底的地方，那里有一座大型水利工程，他们习惯把工作的地方称为枢纽管理区。”看着老人由一脸的不明白转为恍然大悟后的微笑，我还没来得及在心里自嘲，就听媳妇在耳边低声说了一句：“你还真不愧是小浪底人呐，到哪儿都只会报小浪底三个字，也不管别人听没听说过……”媳妇的话不无嗔怪的味道，可我暗自重复着“小浪底”这三个字，记忆竟如冰融的湖面般一点点活泛起来。



记得2004年入冬以后，同学们都开始为毕业做着种种准备，而我却只是埋头于考研之中，大有两耳不闻窗外事之势。偶然一天去自习室上自习，发现平常人满为患的自习室竟空无几人，一打听才晓得有场招聘会。“什么单位的招聘会竟有这么大的吸引力？”怀揣着这样的疑问，我便急匆匆奔至招聘会现场去一

探究竟。到现场一看才知道是小浪底建管局在招聘技术人员，看到众多学生围在招聘摊位周围，我奋力挤进人群，递出了我的一份简历。没想到这一份仅仅几页的简历，却成就了我和小浪底的缘份：我放弃了考研，来到了小浪底建管局。

现在，回想当时面试时人家问我对小浪底了解多少，我只能憨憨地傻笑着回答自己根本不晓得小浪底具体在哪里时的情形，心中就颇有感慨：仅仅几年时间，我就从一个对小浪底几乎没什么了解的学生，成长为一名小浪底建管局水力发电电厂的技术人员，成为了小浪底大家族中的一员。但我还不敢自称是合格的“小浪底人”，因为在小浪底这个大家庭中，工作、生活得越久，融入得越深，就越会发现“小浪底”三个字更深层的涵义。

每次过黄河桥，望见巍巍的枢纽大坝，我就想象着当年建设小浪底工程的壮观场景：机器轰鸣，车辆如梭，辛勤的建设者们挥汗如雨，夜以继日，风雨无阻，经历了多少个春秋冬夏，才铸就了今日的巍巍大坝！乘车蜿蜒于曲折的盘山公路，俯瞰坝后安详的黄河，想象曾经的河水泛滥，就能体会到当年小浪底工程建设者们的艰辛和伟大；徜徉于生活区的梧桐下，行走于庭院的小路上，看着平展的草坪，整洁的运动场，柳枝依依，不时传来几声鸟儿婉转的歌唱，置身于这样的环境中，会更加深切地体会到“前人栽树，后人乘凉”这句话的真正涵义……小浪底，多么有分量的三个字啊！自从建起了小浪底水利枢纽，黄河才真正完完全全地造福于中华民族，才揭开了炎黄子孙治理黄河崭新的一页！现在，小浪底水利枢纽以她独特的功能，行使着黄河安澜的历史使命。小浪底人正踏着开拓者们的脚印，大步走来。他们精神抖擞，秉承着小浪底人的优良传统，兢兢业业，团结协作，保证枢纽发挥着最大的社会效益和经济效益。

坦诚、热情、乐于助人、无私奉献，是我对小浪底人特点的总结。曾记得自己刚进入电厂工作时，老师傅们不厌其烦地给我讲解图纸；自己刚开始动手工作前，老师傅们反复叮嘱注意事项，唯恐有一丝遗漏。从地下厂房到地面办公室，只要是工作需要的地方，总能看到维护人员忙碌的身影，不论工作环境是多么的潮湿污浊、炎热寒冷；从白天到夜晚，一天24小时，也总能看到中控室内运行人员认真监视机组运行状况的情形；只要留心，总能发现让我感动的人和事！几度桂花香，几番菊花落，从2005年来到小浪底，屈指一数，4个年头已过。小浪底，对我而言，不再只是个具体的地名，不再只是个工作的地方，她是一个集体，是一种精神，是一种象征。而我，就是这个集体中的一份子。如今，再同亲朋好友谈论起小浪底，我会滔滔不绝地告诉他们，小浪底水利枢纽在黄河上有多么重要，小浪底电厂有多少台机组、多大容量，还会告诉他们调水调沙，描述其壮观景象……

当夜幕降临，看着大坝上的灯光亮成一线珠串，“小浪底”三个大字清晰可见，我内心充实而安详。我知道，小浪底，我工作的地方，我生活的地方，就像是某种烙印，已经印在我人生的道路上，不仅意味着我的成长、成熟，更意味着不畏艰险，努力开拓。因为缘份，我来到了小浪底；因为热爱，我再也离不开小浪底……

# 拓展训练

朱旭萍

夏日炎炎，踏上拓展训练的末班车，身为小浪底人的我们来到了山青水绿的故县水库。

站在绿油油的草坪上，泰山队——我们这个由15人组成的队伍中，5位老同事，3位体力一般的女士，还有2位男士瘦得不足60公斤。面对接下来的拓展训练中的大部分高强度的项目，相信任何人看了都会担忧。

来到“信任背摔”台下，教练开始讲要领，我不禁眉头紧皱，撅起了嘴。不管是接人还是背摔，我们队伍都占劣势。作为背摔者，将自己的后背交给队友，从1.85米的高度仰面“躺下去”，让我们接住，老同事会相信我们吗？要知道老同事的身子骨可经不起折腾，万一出什么差错，谁负得起这个责任啊。再者，看着一帮老同事在接你，你会坦然面对，轻松跨越心理障碍吗？

这项活动对有些人来说难度确实很大，队里的几位老同事开始打退堂鼓。在队长的带领下，我们相互鼓励，作为一个团队，要相信自己的队友是最棒的，最值得信赖的。事实证明，我们是成功的。第一位女同事上去了，和队员的互动，她紧张得脱口而出：我要跳了啊（其实应该是要说我要倒了，准备好了吗）。看着她紧张地上去，兴高采烈地下来，竟然说“很舒服，跟席梦思一样”，大家的心里都放松了许多。是呀，随着年龄的增长，见识的开阔，老同事的责任感要比年轻人强得多，作为这个团队的中坚力量，老同事们咬紧牙关，接人时特牢固，倒在他们有力的臂腕里，“席梦思”也会黯然失色的。

“信任背摔”中，我注意到一个小细节，教练会把背摔者的双手拴住，背摔者双手交叉放在胸前。这是对我们人的一种约束。生活中也一样，要有一些制度来约束这个社会，本能不仅会伤害自己，还会伤害到别人。“雷区取水”时，虽然目的都达到了，可是在过程中却让我们的队友吃了不少苦，筋疲力尽，浑身是伤。这个项目使我意识到简单的事情不能想得太复杂。做“夜路盲行”项目时，我的队友乐乐把我保护得很好，没有使我受任何一点伤，而我却大意了，高估了他的感知能力，忘记了他是暂时“双眼失明”，要靠我来走完这段路，因而一时的疏忽让他摔了一跤，在身体和精神上给他造成了双重伤害，实在是抱歉。

有得必有失，一个人不可能永远都是失败者，一个团队也同样如此。“履带战车”中我们以绝对的优势战胜了对方，体验了失败的沮丧，也品尝了成功的喜悦。虽然拓展项目中有很大一部分是体力活儿，体力上我占劣势，但我在精神上给我的队员以最满的支持。给他们加油，给他们鼓励。不要吝啬赞美他人，正是有了他人的肯定，我们才有了前进的动力，才会实现每天一小步、人生一大步的跨越。



最后一个项目是集体翻越“毕业墙”，要求一个集体翻越一

堵高4米且垂直的围墙，不能运用任何工具，所有的人都要爬上毕业墙，才能最后毕业。当我看到大家搭起人梯做好支撑、让队友们踩着自己的身体翻越障碍时，当我听到项目完成后我们发自内心的欢呼时，我为能身处这样的团队而骄傲，我被团队体现出来的集体荣誉感和精诚合作的精神所感动，一种强烈的集体归属感深深影响着我。团队精神是一个单位发展壮大的根本，只要我们在工作中发扬和应用这种精神，相信我们小浪底的明天会更好，我的明天也会更好！

挑战、自信、信任、沟通、倾听、换位思考、团队协作、荣誉感、超越……一个个关键词从我脑海里蹦了出来，此次拓展训练我感觉受益匪浅，不虚此行。

# 小浪底的鸟

李向涛

每年冬季，它们都要来到这里，仿佛和黄河、和小浪底有个扯不断的约会。

寒令时节，水变枯瘦，河床倒显丰厚，大大小小的卵石，零落而出，若蜷若立，卧处湍流，岿然不动。伸目遥接，水面上下似有星点游弋，稍近，但见无数水鸟成群结伴，或逡飞，或嬉戏。更近处，白鹭、灰鹤、鸿雁，甚还不知名的鹅鸭异禽，色羽穿杂，鸣声交错，虽初次见面，竟一如故友亲朋。

夕阳彷徨迷离，渐行渐远。站在岸堤，站在淡墨皴染的烟色中，天地归于安闲平静，河中精灵们的喁喁呢喃，隔着水音儿，仿佛披了湿漉漉的雾气，绰约缥缈，胜如天籁。空气有如春泉，清凉透彻，人至此景，孤寂一念，齐物自生。

闲适信步间，与一位牧羊老人攀谈起来，老人兴奋地望着河面说，俺活大半辈子了，真是没见过有这么多水禽啊！你看那天鹅，总是成双结对的，多好看啊。

是啊，小浪底水利枢纽的建设，造福了黄河下游的苍生百

姓。山青了，水绿了，天更蓝了，随着生态环境的改善，库区周边水域俨然成了鸟儿们的天堂。

远离了人群，走在梦幻化境中，泪水颤颤欲落，宛如一只坠落的伤鸟重又窥见了天堂，语不尽的悲伤和喜悦。我在哪里？我想问。怅思凝成冰霜，婴儿般纯净的冬日，河流与我再一次陷入静静的冥想。不愿打扰它们的憩睡，我的脚步轻轻，像一片芦花走失在冬寒的风里，而在梦中，它们的身影却愈加清晰，小天鹅、灰颈鹤、绿头鸭、白琵鹭、反嘴鹬……

小浪底，鸟飞少？起时遮尽云和月，落时不见河边草。

如果我再来，你们能否认出我是昔日的朋友？如果我不再来，你们将一如今日，在我的生命里翩翩起舞、动情歌唱。

# 我是小浪底人

杜惠彬

小浪底水利枢纽——黄河中下游最大的调节水库，万里黄河的最后一道峡谷的出口，它控制着黄河上90%的水量和近100%沙量，是中国治黄史上的一个里程碑。

小浪底建管局水力发电厂——枢纽运行管理中重要的一个部门，它负责管理着小浪底水利枢纽最为重要的地方——大坝和发电厂房。电厂自成立以来一直秉承着建设一流工程、争当一流人才的方针，在建设好小浪底工程的同时，狠抓员工的业务素质；以致有现在的这支年轻、充满朝气的队伍。这只队伍来单位工作前，都是刚刚从学校毕业的大学生，他们从什么也不懂、不会开始，到现在已成为各个部门的主力，担当着重任。正是有了这只队伍，枢纽的安全运行有了保障。他们是水利枢纽的保驾护航者。

我是电厂普普通通的一名员工，自1997年毕业后就一直在电厂工作。在来小浪底之前，我对小浪底水利枢纽的了解很肤浅，甚至担心自己以后长期在山沟里工作，会不会很空虚、无

聊。可是来了以后，这里的一切消除了我的担忧，改变了我的看法，甚至让我产生了兴趣，给了我无限的吸引。我亲眼目睹了大河截流的壮观场面，参与了小浪底水利枢纽机组的安装调试。当国内最高、填筑量最大的土石坝和世界上最大、最复杂的进水塔群等等这些当时代表着很多世界级的第一水工建筑物在我眼前矗立的时候，我的心灵受到了很大的震撼。我感到了自豪，感到了知识的贫乏，感到了时间的紧迫，感到了生活的忙碌，更感到了心灵的充实。我有了奋斗的动力，有了努力的方向，工作、学习占满了我的每一天。我知道我已经不仅仅是一个电厂人，我更是一个小浪底人，我的一切都和这个伟大的名字联系在一起，因此我要为它争光添彩。

这是一个温暖的大家庭。每当我在工作中遇到问题时，大家都会积极帮我解决；当我在生活中遇到困难时，大家都会伸出援助之手；当我在思想上产生波动时，大家也会积极给予开导。这就是小浪底人，一个远离社会上勾心斗角的团体，一个处处充满着和谐的团体，一个朝气蓬勃的年轻团体。它均衡、和谐，这使这个团体永远立于不败之地。

小浪底水利枢纽这个充满着和谐、团结、积极向上的地方，这个我梦开始的地方，现在已用它无限的魅力征服了我，让我甘心情愿扎根在这远离都市的山沟里，为它付出，为它奉献。我以我是小浪底建管局的一员而自豪，我衷心地祝福它明天更美好！

# 我所在的团队

王琳琳

记得刚到单位，我除了兴奋、高兴外，最多的就是忐忑，因为不知道会碰到怎样的人，在怎样的团队工作。一年过去了，有很多人、很多瞬间，深深地定格在脑海……

是他们，我亲爱的团队战友们，早早地帮我安排好了起居和食宿，亲切地和我交流，带我熟悉环境，使我尽快融入到了这个团队……

是他们，我亲爱的团队战友们，在我生病的时候，代我上班，下班后不顾自己的疲劳，煮热粥给我喝，让我体会到了家的温暖……

是他们，我亲爱的团队战友们，无私地将所知所学教给我，一次次不厌其烦地给我讲，给我示范，哪怕已经是凌晨……

是他们，我亲爱的团队战友们，监屏时一丝不苟的眼神，教会我什么是爱岗；深夜里忙碌的身影，告诉我什么是敬业……

是他们，我亲爱的团队战友们，在拓展训练中的鼓励，让

我一跃而过高空中那两块分隔的木板；高高的毕业墙上，从没出现的团队成绩记录在教官脑海……

是他们，我亲爱的团队战友们，用一个个看似普通，却以实实在在的行动告诉了我，我们是一个团队。

我们这个团队有着光荣的历史，团队的前辈们用无与伦比的爱国热情和战无不胜的凝聚力，招四海河工，筑起了守护黄河下游安澜的大坝；用科学发展的眼光和踏踏实实的态度，精细调度，精心维护，小浪底水利枢纽发挥了巨大的综合效益，为建设和谐社会贡献着自己的力量；两手抓，两手硬，党的建设、精神文明建设和企业文化建设结出累累硕果，连续两届荣获“全国文明单位”光荣称号。我为能在这个团队中奋斗而骄傲、自豪。

我们这个团队也必将有着美好的未来，励精图治，追求卓越是我们的精神；管好民生工程，谋求多元发展是我们的目标；安全、诚信、人本、创新是我们不断前行的动力；对内统筹规划，精细化管理，对外科学和谐多元化发展，是我们实实在在的行动。我也将全身心地与所在的团队去夺取一个个胜利。

# 无悔的选择

李红全

第一次听到“小浪底”这个名字，还是在我上高中时，老师在课堂上讲到小浪底水利枢纽已开建，其规模比龙羊峡水利枢纽还要大。年轻懵懂的我当时就在想象她有多宏伟。怀着向往的心情，我放弃了家人为我选择的医学专业，毅然选择河海大学水利水电动力工程作为我的第一志愿。

在校期间，我如饥似渴地学习相关知识，还利用一切机会收集关于小浪底的资料，原来模糊的小浪底在我心中渐渐变得清晰，小浪底对我的吸引力也越来越强烈。1997年，学校选派学生参观小浪底水利枢纽工程大河截流，我成了一名幸运儿。工地那火热的场面再次深深地震撼了我。回到学校后，我向老师表达了想到小浪底水利枢纽工程工作的愿望，并庄重地填写了志愿书。



1998年，我如愿来到小浪底参加工作，加入到如火如荼的工程建设中。首台机组发电、大坝完工、西霞院竣工、小浪底竣工验收，调水调沙……在我和同事们夜以继日的辛勤汗水浇

灌下，小浪底如一棵小树苗成长为今天的参天大树。

弹指一挥间，转眼10年过去了。这10年中，我经历了很多，也收获了很多。作为一名小浪底人我自豪，我骄傲。对于我的选择，我无怨无悔！

# 小浪底的雪

杨辰飞

美丽的小浪底迎来了2009年的第一场雪！我喜欢漫天飞舞的雪，这般的晶莹透彻；我更喜欢雪中的小浪底水利枢纽，如此的圣洁庄严。放眼望去，枢纽管理区办公大楼前，那青青的草，早已脱掉翠绿的衣衫，换上枯黄色的外套，此时又披上了一件白色的斗篷；从大食堂前到办公楼间的那些高高的树，树叶犹存，本来已是卷了边儿，黄了茎儿，此时也挂上了一层厚厚的雪，少了几多虫痕，多了一层晶莹；枢纽管理区小浪底宾馆门前的花容早已失色，憔悴损枝，空留几枝牡丹，雪层中撇了一丝黄，露了一缕粉，飞了一星白；整个生活区的那些蝉儿、虫儿、蜂儿、蝶儿早已销声匿迹，就连那小麻雀儿，也躲得无影无踪。

上班时，走到宾馆门前，我看到宾馆的员工为了方便客人行走，在门口辛勤地扫雪；在办公楼前，我看到清洁工人已经开出了一条通往办公楼的便道。上班后，我坐着保安大队张队长的车冒雪去了东山，参与验收建管局给保安们提供的一批新

的电暖气。这批新的电暖气是局里关怀一线员工的具体体现，目的是为了这些保安队员们能够在温暖的环境里坚守岗位、保卫小浪底的安全生产。此时此刻，我知道，在小浪底的各个岗位上，无论是室内还是室外，有许许多多员工都在辛勤地工作着，都为小浪底的安全生产辛勤地劳动着，没有因为大雪纷飞而懈怠，更不会因天气变化而影响生产。

第二天中午时分，已是阳光灿烂；融化的雪水滴滴嗒嗒流下来，起初是一滴、两滴，继而是接二连三，不久即连成线，连成片，地上射起无数的箭头；偶尔经过，落入脖颈中，还是酥酥的冷，让人心寒；风一个劲儿地吹着，更是带来了一阵阵的寒意！

我想既然我选择了这条路，就要勇敢地走下去。既然决定这么做了，就要以自己的能力做到最好。坚持下去，呵呵，也许才是最符合我自己的个性吧！

小浪底的这个冬天是寒冷的，可是我的心却是暖暖的，有股暖流一直流到了心底……

# 总工孔德铭

丁媛媛

2009年，灿烂的5月，由电厂团支部组织的野外拓展训练活动在大家的期待中开始了，历时一个月，四批拓展训练圆满落下帷幕。在这次拓展训练中许多人的形象在我们的眼中发光壮大，让我们印象深刻。他们像是一面旗帜，屹立在中原大地上，坚若磐石，无坚不摧。拓展训练的主题就是“熔炼团队，以人为本”，让大家在趣味活动和集体活动中认识到团队的重要性；在个人挑战项目中，打破自己的心理障碍，挑战自我，超越自我；在与大家相处的过程中，收获心灵的那一份纯净与淡然。

在拓展训练中让我心灵最受触动的是孔德铭总工程师。他是那一批队员中最年长的一名队员，但他在每个项目上都从不服输，敢为人先。在最后的一个拓展项目——攀爬毕业墙的过程中，他的付出让我们感动不已。攀爬毕业墙就像是一个沉船事件，若是有一点的人员分配和策略不周都会造成项目的失败，整个团队的努力也将功亏一篑。那些在前方冲锋陷阵的开路者们，是他们为我们阻挡了风雨，带给我们勇气和希望；那些默

默地把自己肩膀作为基石的队员们也让人尊敬，我们的顺利攀爬都是踩在他们的血肉之躯上才通过的，而且他们没有一丝怨言，甘心付出。但在这整个攀爬毕业墙项目中，最为关键也最有风险的，是最后一个攀爬的人。这就像是一场赌注，一局定输赢，不容有丝毫的迟疑。孔德铭总工程师主动要求最后一个攀爬。他的举动让我们在场的每一个人都为之感动。他的这种奉献精神和个人操守是我们无法超越的。我们能够做到的就是如何向这种精神接近再接近，让自己变得更加强大、优秀。

在日常的生活和工作中，孔德铭总工程师严格要求自己，在他的身上看不到领导的架子，他总是用很亲切的笑容对待身边的每一个人。他不辞辛苦地奔波在工作岗位上，岁月的痕迹从不影响他超越自我、艰苦奋斗、努力工作的决心，相反，让他更加珍惜他所拥有的，更加倍地挥洒他的才能他的智慧他的汗水。在他的身上，我看到的是那少有的人性的闪光点，那种光芒照耀了我们稚嫩的心灵，让我们这些刚刚加入小浪底这个大家庭的年轻人，平添了勇气和信心，有了奋斗的方向和目标。“一个党员领导干部一面旗帜”，那么孔总工程师就是我们心中的一面闪亮的旗帜，他的形象在我们的心中根深蒂固，鲜明、动人。

# 小浪底监测人

刘经纬

当你漫步在小浪底水利枢纽大坝宽阔的路面上，感叹人类改造自然的伟大力量时，当你乘船遨游在群山之间，领略巍巍河山的壮美景色时，你总会看到这样一群人，他们肩上扛着三脚架，手中拿着测量仪表，夏天头戴草帽，冬天身披棉衣，不停地行走在大坝各个角落，在库区滑坡体来回穿梭，用手中的“听诊器”仔细地量测着小浪底水利枢纽的脉搏，时刻掌握着这个巨人的健康状况，他们就是——小浪底监测人。

每当夕阳西下，远远眺望大坝，“小浪底”三个隶书大字在霞光的照耀下显得格外夺目。从上游奔腾而来的黄河水被阻拦在大坝上游，小浪底水库犹如一颗蓝宝石镶嵌在崇山峻岭之间。水无孔不入，缓缓渗透到大坝深处的每一寸……巨大的水压力、坝区复杂的地质时时刻刻都考验着大坝安全，更考验着我们小浪底监测人。面对这样一座世界坝工史上最复杂的水利枢纽，小浪底监测人不畏艰险，凭借过硬的专业技术和聪明才智为大坝保驾护航，甘当大坝的“耳目”。

还记得2004年的华西秋雨，黄河中游面临一场前所未有的考验，那时的小浪底水库蓄水不久，尚未经历过高水位运行。面对下游防洪的特殊要求和快速上涨的库水位，所有人的目光都集中到了大坝的安全上，新建的大坝究竟能否承受如此之重，所有人都在默默注视着。关键时刻，小浪底监测人挺身而出，他们甘愿牺牲节假日，对枢纽各部位展开了严密的监测，工作量达到平常的3~5倍，为大坝安全度汛作出了贡献。

当清晨第一缕阳光刚刚升起的时候，小浪底监测人的身影就已出现在大坝上，为的是躲避阳光照射后对观测结果产生的光学误差；当夜深人静时，他们还在计算机前不停地计算着当天的观测数据，为的是给第二天的会议决策提供准确可靠的观测成果；当水库水位变动的时候，他们的心也跟着起起落落，一直坚守岗位，为的是能及时采集到第一手观测资料。他们很多时候都工作在野外、阴暗潮湿的洞内，等等地方，有时候为了监测到一条数据，经常会受些皮肉伤，不是被树枝划破了皮就是被石头绊倒在地，常常与寂寞为伴，再高的山都要上，再深的沟都得下，再坎坷的路都得走；有时工作繁忙忘记了吃饭，有时刮风下雨也要照常工作，对待仪器设备和采集的数据比自己生命还重要。有一次，为了采集小浪底库区滑坡体的一组变形数据，监测人员一早就出发了。由于地势险峻，路途曲折，队员们只身背着几十斤重的仪器徒步在陡峭空旷的山岭间行走，随时都有坠入山涧的危险。偏偏此时天公又不作美，就在队员们找好位置架设仪器之时，风起云涌，天色转暗，瞬间携沙卷土的大风肆无忌惮地伴着豆大的雨滴突袭而来，队员们无处躲藏，却毫不犹豫地脱下衣服包裹好仪器，以免被雨淋坏而丢失了数据。大雨过后，队员们再一次架起仪器采集数据，完全不顾自己的衣服早已湿透。日落归来，有几个队员已经感冒发烧，却依然坚持整理数据。

日复一日，年复一年，小浪底监测人始终没有停下脚步，他们尽情挥洒着青春和汗水，用自己勤劳的双手维护着小浪底水利枢纽的安全稳定运行，让我们记住他们的名字——小浪底监测人。

# 喧嚣与平静

李 钒

小浪底，中国人最熟悉的地理名词，它永远与母亲河的力量与中国人的骄傲同存。在大学时期就经常听家人说起小浪底水利枢纽，但一直没有机会眼见为实，直到2007年8月，我才看到了这个伟大的工程，同时也把自己的事业栖息在了这块将奔腾的黄河水变成平湖的地方，成为了一名小浪底人。

初秋的清晨，窗外的喜鹊已叫得异常喜悦了，阳光洒满了这里所有的山川，小浪底水库像一个柔情似水的女人，展现在我的面前，深深地吸引了我。我的爱是坦荡的，真诚的，应没有一丝的虚诞。选择在坝顶步行，有种肌肤相切的感觉，是触摸也是聆听。回想大禹在治水时，三过家门而不入，也是步行，没有奔驰，没有宝马，跟我一样，素面朝天面对黄河。我想我的步伐应该是和大禹的姿势相同的，不同的只是，他要治水，我是感叹。站在明流洞出口栅栏旁边，看坝下翻卷的波涛，顿时心潮澎湃。如果说黄土高原的沙化曾经是一种必然，那么这座建在中国母亲河之上的工程，却埋葬了黄河“一碗水，半碗沙”的过去，使黄河包容了那些可能被风吹散的点点滴滴，让华北平原换了一种姿态，继续见证着这段历史，揭开中国人改造环境的新篇章。民族的光荣与骄傲，就好像之前载人飞船上天一样，一个现象的背后，是一个民族的力量与智慧，是有十几亿双关切的眼睛。我感到骄傲与光荣，为小浪底的成就，为我们的祖国铿锵的步履。

在大坝上敲打，鲧的堵法与大禹的疏导法，都铺垫了今日大坝的基础理论。五千年文明历史，在治理黄河的过程中，思考是没有停滞的，最杰出的中华精英，首先奉献了自己的才智。其实将堵与疏导完美地结合，使人与水更和谐，就是我们的目的。与天奋斗的理论似乎并不可取，人定胜天仍然有张扬与浮躁之嫌，天人合一的观念才是合理的。我们在与自然结合中间，趋利避害，人类的步履实在是艰难的，五千年只拧了几个弯，才找到了相对的和谐。

眼前的湖水是一面镜子么，映照着历史中多少画面呢？浩浩荡荡方圆几百里，容纳了几许峡谷，填平了多少沟壑呢？中华五千年的岁月，其中有多少诡谲的沧桑变化呢？感情的色彩该如何认识？眼前的湖水很平静，似乎是历史的什么意味，形成于几个世纪坚定的理念之中。军事的喧嚣，政治的运筹，感情的向往似乎都沉淀在水中了，黄河停顿在这里，只展现一种旷世的风流。

我有爱么，是人间的大爱么？原来一切的爱都是用平静收场的，也是从坦荡开始的。面对夕阳，平静的风景仍然是明天的延续——就在这里扎根吧，这里是灵魂栖息的净土，从今天到永久都莫要离开。黄昏收起最后一丝晚霞，小浪底水利枢纽大坝点起了灯火，与星斗一样的明亮，与大地一样的永恒。



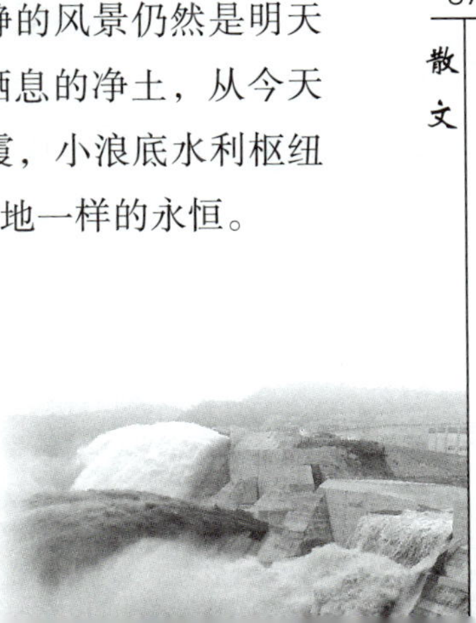

# 自豪的小浪底人

蔡勤学

自从2006年大学毕业到小浪底建管局工作以来，只要天气条件容许，晚饭后我都会到坝后保护区散步。每当站在黄河岸边，望着滚滚东去奔流不息的黄河水，感受着两岸扑鼻而来、沁人心脾的果树芳香时，我的心底就会油然而生一种作为一名小浪底人的自豪感。

“九曲黄河万里沙，浪淘风簸自天涯。”古往今来，黄河不知凝聚了多少仁人志士的梦想和夙愿，不知带走了多少治黄人的心血和汗水，不知有多少黄河儿女为之付出宝贵的生命。然而，勇敢坚强的小浪底人历经11年艰苦建设和近10年运行考验，小浪底水利枢纽大坝巍然耸立，让高峡平湖从梦想变成了现实；集防洪、防凌、减淤、灌溉、供水和发电六大功能于一体的小浪底水利枢纽工程发挥着巨大社会效益，展现出可以载入中国水利史册的巨大成就，成为黄河治理光芒闪烁的标志性特征。

历史会永远记住小浪底人的无私奉献和任劳任怨。是他们，从1991年小浪底工程开工以来，在拥有来自51个国家的700多名外籍技术工程人员和上万名中国建设者参建的“国际练兵场”上，以出色的管理手段和水平，克服了大量技术难题，承受着巨大的压力，忍受着长年累月的艰辛和枯燥，任韶华飞逝，任岁月更替，一刀一斧地精心建设着小浪底水利枢纽重点工程，一米一米地筑起大坝的高度，取得了工期提前、投资节约、质量优良的优异成绩。

历史会永远记住小浪底人的劳动热情和智慧。1995年，3条导流洞相继发生19次塌方，导致工期严重滞后，外商提出了巨额索赔和推迟一年截流的要求。在巨大困难面前，小浪底人迎难而上，在不违背FIDIC条款的原则下，采取“成建制引进中国水电施工队伍”的对策，充分发挥主人翁责任感和敢于胜利不怕牺牲的精神，提出了“在外国人面前，我们是中国人；在中国人面前，我们是小浪底人”的口号。通过长达22个月艰苦卓绝的赶工之战，抢回了工期，保证了大河的按期截流，使工程建设得以顺利进行。

而今天，新一代小浪底人继承发扬老一代小浪底人的优良传统，正在逐步承担起建设小浪底美好明天的重任。不仅在枢纽运行管理的各个岗位上工作得有声有色，实现了黄河下游 9 年不断流，连续8年调水调沙，把 5 亿多吨泥沙冲入大海，使黄河下游主河槽最小平滩流量由1800立方米每秒提高到约4000立方米每秒，黄河下游“二级悬河”形势开始缓解，而且在竞争激烈的市场大潮中披荆斩棘，开拓出一条企业良性发展的道路，水电开发、咨询监理、工程施工、旅游开发、房地产开发业务等项目进展顺利，“小浪底”品牌也被传播远扬。

气势恢弘的小浪底工程，是无数小浪底人用丹心浇筑出来的华美长虹。新一代的小浪底人，正用一双双坚实的大手托起小浪底朝气蓬勃的明天。

# 成　长

孙俊峰

时光荏苒，来到小浪底已经10年有余了。回想这10多年来的经历，不由不感叹小浪底翻天覆地的变化，更感叹自己这10多年的变迁。

初来小浪底是晚上，第一印象就是石子路上满眼飞扬的黄沙、川流如梭的大型工程车发动机的轰隆声，还有小浪底四处夜如白昼的灯光，更有在夜幕下不知疲倦为了赶工程进度而挥汗如雨施工的师傅们。平坦的马路，绿油油的植被，风景如画的水面和公园，这在目前随处可及的情景在当时根本无从想象。

建设期是艰苦的，那个时候在小浪底，不论是天晴下雨、风刮日晒，还是天寒地冻，所有的施工人员都在忙碌地工作，那种拼命精神曾经让我这个初出校门的学生很是费解，但也深深地感染了我。随后两年的时间，我们同时来的那批学生都离开了小浪底，在全国各地的水电站进行了系统的业务培训。南到攀枝花，北到哈尔滨。几年工夫让我们这那些青涩的学生蜕变成了一名真正的水电站工人。1999年第一台机组安装调试的厂房现场，多了我们这些新面孔。同样不知黑夜、不知饥饿、不知疲倦施工的人们，还有一直盯在现场的领导们，他们的敬业精神和娴熟技术，都不能不让我们这些小工人感动，不能不下决心投身小浪底。这种精神已经深深地植根在我们的内心深处，并在以后的工作中逐渐发芽开花。

如果说建设期是在打天下，那么运行管理期就是在保天下。当小浪底水利枢纽6台机组全部正式运行的时候，我们已经成为水力发电厂的主人，开始肩负起了设备维护发电运行的责任。从电厂初运行的5个室（机械、自动、一次、二次、运行）、捉襟见肘的不足100人，一步步到如今电厂完善的机构，较为充足的人员，细致的分工，期间付出的是电厂各级领导和员工辛勤的汗水。

从电厂成立，领导层就提出争创一流电厂、培养一流人才的目标。经过各届电厂领导和全体职工的不懈努力，2002年小浪底实现了一流电厂目标，荣获了同行业第一的美誉，年发电量屡创新高！不仅如此，电厂在实现安全稳定生产的同时，培育了大量管理人才。这几年从电厂走出了很多优秀人才，虽然他们不在原来的岗位，但我相信他们对电厂这个火热的集体一定会留恋。

如今小浪底已是另一番风景，不仅面貌上和刚来时不同，在保主业的同时提出了谋求多元发展，而且已经成功地走了出去。我们也做好了准备，在坚守自己岗位的同时，随时准备为了小浪底水利枢纽更好的明天付出自己的一切！

# 小浪底人

张　凡

一位建设小浪底工程的老水电经常给我讲述小浪底水利枢纽工程建设期间壮观的场面和他的所见所闻。每当他讲到数万建设者风餐露宿、努力开展科技攻关的感人故事时，总会加重语气说“我们小浪底人……”这使我常常深受感染。

“小浪底人”，这个平常人听起来很普通很简朴的称呼，对我来说，却有着不一般的意义和分量。因为，我也是小浪底这个大家庭中的一员。虽然我没有赶上工程建设时代，没有亲身参与到那个热火朝天的战斗中去，但我听到了太多关于小浪底建设者的故事，看到了太多至今仍默默为小浪底奉献的人们。我为这个称呼而骄傲。

## 拓荒：铁铮硬汉也有热泪

小浪底水利枢纽工程地处黄土高原的边缘、黄河中游的最后一个峡谷。小浪底人舍小家为大家，常年驻守工地，艰苦的生活和工作条件，磨练着他们的意志。多少次为一项技术他们争论不休、反复讨论，多少次为一个项目互帮互助、共同攻坚，日月之光染白了他们的青丝，脸上的皱纹里存积着风风雨雨的痕迹。

深秋的小浪底，夜幕初降，月亮早早地爬上了山头。监理工程师王工收到了父亲病重的消息，但正值洞室开挖的关键时期，工期紧、任务重，他根本没有时间离开工地现场。他的脸拧巴成一团，思念和担心着远方的父亲。那一晚，平时从不喝酒的他找来一瓶酒，流着泪，让自己醉了一回。第二天，醒来后，他又按时戴着安全帽走进了施工现场。

工地上的许多人都有这样的故事，讲都讲不完。来到这里，为什么？有人这样解释："人生苦短，能活一百岁的人不多，可对黄河而言，小浪底水利枢纽工程是百年大计，是千年大计。要做大事，就要学会舍得，学会放弃。"

## 后盾：建立现代企业制度

小浪底人相信有不断完善的现代企业制度做后盾，没有干不成的事情。

小浪底建管局的新员工都有这样共同的感触，来到小浪底，可以不熟悉单位的同事，但却必须熟悉单位的各个制度和工作流程，每个岗位都有职责和标准，每一项工作都有严谨的制度与流程，可以说小浪底建管局的制度与流程，严谨和细致的程度在国内水电企业中屈指难数。

小浪底人不管是高层还是中层，不管是科长还是一般人员，每一项工作必须按制度办，必须走流程，没有个人独断，只有集体的智慧与科学的决断。

## 豪言：铺开黄河当作一卷新纸，谱写水电新篇章

小张，放弃大城市的工作机会，名牌高校毕业后进入小浪底电厂，自称小浪底“新人”。对于自己的选择，他至今不感后悔。“我是喝黄河水长大的，能成为小浪底人我很自豪。小浪底水利枢纽工程是黄河上最大的工程，它驾驭黄河，创造辉煌，实现了中华民族的百年梦想。不只是我选择了小浪底，黄河水电开发大业同样选择了小浪底、寄希望于小浪底”。

还有很多像小张一样怀抱水电之梦的新生代水电人汇集到了小浪底。他们有理想、有抱负、有才华，热情四射，朝气蓬勃，激情澎湃。他们拥有强烈的个人奋斗意识与求变创新的进取精神。不论是在会议室的演讲台，还是在工地现场，他们表现出来的那份自信，那份忠诚，那份豁达，一次次让人感动，让人震撼。

小浪底人的高学历、高技术、高素质让人耳目一新，它是小浪底建管局腾飞的支点。小浪底人的敬业爱岗也绝不是空话，办公楼里的灯深夜还没熄灭是常有的事情，周末经常有很多员工自觉地加班。工作间隙，他们克服各种困难，挤出时间，不断充电。参加培训，考学位，跨专业学习等，都是自觉和无声的行动。

小浪底人敢拍着胸口发出豪言：我们有能力，有信心，采浪之灵气，涛之音韵，铺开黄河当作一卷新纸，谱写水电事业新篇章。

# 触　动

张　瑾

未来小浪底之前，在我的印象里，小浪底只是个风景秀丽的旅游观光区。如今我已成为小浪底建管局的新成员，最初的印象渐渐淡去，更多的是小浪底人带给我的心灵上的触动。

场景一

时间：2009年9月，水利部庆祝建国60周年文艺调演节目审查最后一天上午

地点：小浪底水利枢纽管理区多功能综合功能厅

人物：电厂办公室副主任吕元龙

吕主任一手拿着对讲机，一手拿着节目单，一边听着节目总导演唐京说，这些节目出场顺序还需要修改；一边对着对讲机说："张瑾，收到请回答，节目单有改动，节目单有改动。下面给你两个任务，务必完成：第一，赶紧把节目单修改打印好，然后拿到宾馆并装入档案袋拿给评委；第二，赶紧去吃饭。"

下午一点开始调演，为了达到更好的舞台效果，导演临时

调整了舞台，各个节目的顺序需重新调整。整个上午，我和杨燕姐在办公室跟在现场的吕主任通过对讲机联系，及时地把节目顺序调整的最新信息编辑成节目单，然后是评委用表、演员用表、音响舞台师用表、后台节目顺序表——每次都是这边刚刚把节目单编辑好，现场却又有新的调整，所有的工作都要重新开始。上面是我接到的最后的任务，此时已是12点多，饿着肚子，但心里很暖和。

场景二

时间：2009年10月，建管局首次职工运动会开幕式

地点：小浪底水利枢纽管理区教学基地一号院足球场

人物：集体广播体操表演人员

“第九套广播体操现在开始，原地踏步走——”从音响里发出来的声音在足球场上回荡。

修整一新的足球场周围彩旗飘飘，大树上挂着“我是参与者，我是胜利者”的标语，操场两侧是全局各单位（部门）的职工和公安干警、武警官兵共11支代表队，各个都斗志高昂、精神抖擞；草坪的中央，各队的广播体操表演人员，穿着统一的服装，站着整齐的方阵，随着广播操的音乐响起，和着1、2、3、4的拍子，神情自若地开始做操。大家忘记了多日来利用休息时间训练的辛苦，忘记了为了一个动作细节反复练习时的紧张，每个人脸上都写满了自信，让我感觉这是一个朝气蓬勃的集体。接下来的比赛无不紧张而又精彩，展示着小浪底人的精神风貌和团队实力，诠释着“人人参与，人人都是胜利者”的内涵。

场景三

时间：我入值第二个轮班的一天

地点：小浪底地下厂房4号机蜗壳旁

人物：我师傅

“先站这里不要动，不要动啊，等我回来。”站在4号机蜗壳的小门旁，师傅对我说，然后转身离开。

正值4号机大修时，师傅带着刚刚进值的我正常巡检，来到蜗壳门前，停住了脚步，在这里面就是蜗壳了，可是黑漆漆的什么也看不到。不知道有什么紧急情况，师傅丢下一句话跑开了，留下我一个人左看右看上看下看，也没有明白蜗壳到底是个什么样子。在我焦急的等待中师傅回来了，旁边还有一个检修的师傅，难道哪里坏了么？看我一脸迷茫的样子，师傅说：不要在外面了，我找来了蜗壳检修的师傅，让他把里面的灯打开，这样我就可以带你进去看了，不过要小心啊。原来，师傅还记得我说过的想进蜗壳里看看的话，刚才看见没有开灯，怕我进去危险，所以去找主管维修的师傅了。

场景四：

时间：每一天

地点：中控室

人物：值班员

“……”这是一个看似静止的画面，这是一个看似无声的画面。

在中控室里，一个值班员和一个值长坐在椅子上，手里拿着笔或者鼠标，面对着的是22个电脑屏幕和一个开关模拟墙，墙上红色和绿色的开关指示灯亮着，电脑屏幕的各种显示信号跳跃着，这样的画面，每天24小时，一年365天，日复一日，年复一年。值班员们要一刻不停地盯着电脑屏幕，全神贯注地跟踪各种数据；值长要时刻关注变化，及时作出相应的判断，发出正确的命令，这些全都是为了持续现在已1000多天的安全生产天数。

来小浪底工作刚刚三个月的时间，对小浪底还没有全面的认识，但是它让我感受到了温暖、关爱、朝气，还有一种叫做坚持不懈的精神；在我眼中这是一个大家庭，大家相亲相爱，好好的生活，好好的学习，好好的工作，共同努力，一起进步，共创美好的未来。

# 地下厂房的灯光

蔡　路

小浪底水利枢纽的大坝，巍峨矗立在黄河之上，它使“天上之水”造福了亿万人民；小浪底水库的库区，荡漾着粼粼波光，它为中原大地增添了迷人的风采。而小浪底的群山之中，地下厂房不论寒暑冬夏，平静地坚守，默默地奉献，地下厂房的灯光四季常亮，地下厂房的灯光日夜不息。她照耀着地下厂房中的每一个角落，她也见证了地下厂房中发生的一切。

地下厂房的灯光见证了建设的艰辛。从小浪底水利枢纽工程开工到1998年10月地下厂房建设完成，建设者们克服了施工难度大、地质条件复杂等各种困难，解决了一个个难题，运用了大量的领先技术，最终在巨大的山体里建成了总长度251.5米、跨度26.2米、最大高度61.44米的厂房，6台发电机组的设备整齐有序地排列其中，蓄势待发。



地下厂房的灯光见证了发电机组安装调试的火热场面。1999年底，为了小浪底水利枢纽首台机组的顺利发电，这里汇集了世界各地、不同专业的技术人员，他们凭借优秀的专业技

能，通过夜以继日的奋战，使首台机组于2000年1月9日并网发电，并与2001年12月实现了全部6台机组的投入运行，为国家电网送去了充沛的电能。

地下厂房的灯光见证了小浪底水利枢纽调水调沙期间机组的满载发电景象。从2002年至2009年，小浪底水利枢纽共进行了9次调水调沙，通过水库联合调度、泥沙扰动和引水控制等手段，改善进入黄河下游不平衡的水沙关系，塑造了黄河协调的水沙比例，成功提高了黄河下游的防洪减淤能力，维持了黄河的健康生命，取得了良好的生态效益和社会效益。同时，根据下泄流量的条件，在地下厂房灯光的注视下，电厂人积极协调水调与电调之间的关系，精心检修维护发电设备，认真巡检消缺，用高度的责任心和使命感，保证了调水调沙期间全部6台机组的满负荷不间断平稳运行，并把握住调水调沙这一大好时机，圆满完成了发电任务，创造了可观的经济效益。

地下厂房的灯光见证了小浪底建管局水力发电厂人的精神。电厂人甘于奉献，不求闻达，在地下厂房的灯光下默默奉献着青春：日常的巡检维护，电厂人一丝不苟，保障了设备的正常运行；繁忙的检修改造，电厂人精益求精，提高了机组的安全水平；欢乐的节日假期，电厂人坚守岗位，用自己的汗水换来了枢纽的平安……

地下厂房的灯光见证的是一曲曲歌，一曲曲激情洋溢、奋发向上的歌；地下厂房的灯光见证的是一幅幅画，一幅幅波澜壮阔、气势昂扬的画；地下厂房的灯光见证的是一行行字，一行行不停书写、铭刻岁月的字；地下厂房的灯光见证的是一群群人，一群群心系水利事业、平凡而又令人感动的小浪底人！

# 电厂安全的把关人

席　兵

“凡事都要脚踏实地去做，不驰于空想，不骛于虚事，而惟以求真的态度作踏实的工夫。以此态度求学，则真理可明，以此态度做事，则功业可成。”这是李大钊的一句格言，也是小浪底建管局水力发电厂安监部主任刘连军的真实写照。

35岁的刘连军是电厂一名普通的共产党员。自1996年参加工作至2006年，他一直在生产一线，而且常年担任着值长这个电厂安全第一责任人的职务。

从担任值长以来，他一向以工作严谨、细心，对下属要求严格著称，他的这些工作作风在电厂可谓人所共知。但外人所不知道的是他还总是用自己的业余时间努力学习，高标准地严格要求自己。他认为一名合格的企业员工必须要有较高的思想道德、科学文化水平和专业技术、岗位技能与创新能力。他掌握的专业技术对电厂各项工作的有序开展起到了推动作用，为保证安全生产筑起了一道坚实的“屏障”。

作为一名党员，刘连军不仅自己技术过硬，还不忘“传、

帮、带”。他对自己的知识和技术从不保留。从点滴小事做起，用自己的行动履行着一名共产党员的职责，影响着、带动着身边的每一个同事。为了让他们少走弯路、尽快熟悉并掌握岗位操作技术，他耐心提示、反复教导，把自己掌握的技术和总结出来的工作方法毫无保留地传授给他们。现在，他指导过的人中有不少已成为独当一面、技术过硬的值长、副值长了。

自去年担任安监部主任之后，他总是以雷厉风行的办事风格出现在大家的视线里，但同时留给大家的是讲求原则、严格把好安全关的工作态度。安全检查、两票考核都做得细致准确。特别是两票考核，在工作任务多的时候，例如春检、秋检或者机组大修的时候，一个月有几百张工作票，操作票更是有几千项之多，考核的工作量之大可以想象，但他决不会漏过一张一项！哪张票上出现错误或不当都难逃他的法眼。这样的细致程度让我们不得不钦佩，更在工作中增添了一份小心。除此之外，他还经常组织安全知识竞赛等活动来提高大家的安全知识水平，提醒大家安全是我们电厂的立岗之本、立业之基。

平凡的事业，平凡的岗位，平凡的人，不平凡的是一颗奉献于事业的心。这一桩桩一件件的小事，像一串串晶莹剔透的珍珠，闪耀着他鲜活的人格魅力。刘连军用自己的行动，影响着一批人，也昭示着一个道理：在平凡的岗位也能做出不平凡的事，平凡中也能创造美丽人生。这就是一个普通的小浪底人，这就是我心中的小浪底印象。

# 雕刻时光

孙兴国

过了仲春，鱼上冰，蛰虫始振。褪色的窗花还在，思绪尚不及走出旧历年，但眼看着，啄新泥的燕子就来了。风随物转，继而黄河凌汛开始，时而潺潺澮澮，时而汹汹涌涌，水訇訇石鸣鸣，即便在梦里，也似乎开着部留声机，从高亢的漫花儿到苍凉的信天游，从悠扬的马头琴到腾挪的腰鼓，过了峪陵关，秦腔就转为豫调，只剩下一幅《清明上河图》静静地躺在高高的悬堤下。

工作十余载，伴随着小浪底水利枢纽走过春秋冬夏，热火朝天的鏖战场景历历在目，筑土为城的大车小车，挥汗如雨的黑眼睛蓝眼睛，风里浪里，有声无声，处处惊雷。“且俟河之清，未敢望禹公”。当所有的叹息穿彻干燥的季风，白云之外的孤城一片，是谁的笛声在九曲回肠？黄河艄公的号子跌跌宕宕，想整条黄河、整部中国的历史无非是一张音色沧桑的CD碟，从片头到片尾，一直是这样的厚吟浑唱。

这种感觉，不知是不是从古老的《诗经》里来的，在小浪

底水利枢纽坝址下游不远有处西滩，相传它便是《关雎》中的河洲。不过那些歌赋都已走远，两千年了，两千年不知穷尽了多少皓首，两千年想来都觉茫茫，就算有纸，即便有墨，也隔着千迢万迢，千陌万陌。两千年，一切都断了，仿佛只有这涛声，只有大河万象还牵连在一起，纯净的雪水从遥远的巴颜喀拉山一路卷来，流离颠沛，浪淘风簸，到渤海湾就成了昏黄的浊泪。

樱花谢了，桃花又开，乍晴乍雨的季节由此开始。从小浪底水利枢纽大坝看过去，眼睛看过去又看回来，天波水影犹如是，柳岸清风犹如是，熙熙舟舸、纷纷鸥影从下到上犹如是。这就是黄河吗？这当然是黄河，不舍昼夜，奔流无息，陪伴她的，更有这群无悔青春、可亲可敬的水利人。岁月荏苒，风雨兼程，可小浪底的昨天究竟留存在哪里呢？

在默默伫立的佩尔里尼车里吗？在退役的多臂钻上吗？还是巍峨的进水塔，世界最大的孔板消能泄洪洞？是在爱国主义展示厅的玻璃柜内，调水调沙的雷霆万钧中，还是在《建设者之歌》雕塑群里？

山如眉峰聚，池若眼波横。漫步在小浪底坝后保护区，闻鸟声见鱼跃，真然物我两忘，心寞神驰。九曲桥首，波光流转，水烟俱净；湖心岛佳木成荫，花香阵阵，风吹在鳞鳞千层的叶上，像谁的手指在慢拢轻捻，管竹丝弦，万章拂弄，把喧嚣一下子奏成了怅然。

不畏浮云，莫问前路，从春阳眷眷到秋雨潇潇，从青年折身中年，俯拾之间皆是过往，看看小浪底，想想自己，十年夜雨十年灯，黄河的波涛肆意难再，盛得满江湖，却永远也撑不满记忆。

从记忆的此端到彼端，从名人石刻到移民故居，竹林溪瀑淙淙，黄河故道湲湲。苍柏交映，松涛阵阵，徜徉之间终于让脚步找到了停留，眼前的殉职建设者纪念碑上只有悼文，没有名姓，青丝暮雪，昔人已殁。天高不可问，掩泣赴行舟，与谁再共饮一杯清冷的月光？遥寄追思，我想他们都有一个共同的名字，那就是——小浪底人。

前尘隔海，往事如烟。这些年过去了，原来小浪底一刻也没有将他们遗忘；这些年过去了，所有的记忆都被风化成雕刻的时光。

# 多彩小浪底

衡培娜

记得刚来小浪底时，心中怀着激动的同时也夹杂着几分不安，激动是因为小浪底对我而言是神秘的，是有着神奇的吸引力的，早就听说小浪底水利枢纽工程气势恢弘，举世瞩目，有机会到这里工作，怎不叫人胸怀荡漾？不安则是听闻小浪底的偏僻，一个女孩子家，又从无隐士生活的向往，真要是与世隔绝了，那可如何是好？但真正在小浪底安营扎寨后，我对小浪底的心驰神往中夹杂的几分不安也随着我与她的逐步融合而渐渐消失。

小浪底，曾经是一个古老的村庄，她的名字的由来我不得而知。有人说小浪底这个名字是因大坝建成后，汹涌而来的黄河水由于受到高坝的拦阻，于是"波小浪低"，带着舒缓的姿态向下游俯冲而去，这样的解释不无几分道理。巍巍的小浪底水利枢纽大坝伫立着，拦洪蓄沙的同时，实现黄河多年不断流，下游河床不再淤积，缓解"地上悬河"带给人们的威胁，保障了黄河下游人民的生命财产安全。小浪底的先辈们踏着豪迈的步伐披荆斩棘，夺取了一个又一个的胜利，取得了一个又一个的成绩，为我们营造了一个和谐美丽的地方，你看那雄伟的大坝，那错综复杂的地下厂房，那曲折绵延的交通洞，那环境优雅的职工生活区，那千秋万色的坝后公园……

如果有人说生活是无色的，那么我要说，你错了；如果有人说生活是看不见的存在，那么我要说，你还是错了。小浪底的生活就是七色的彩虹，美丽而又充满诗情画意。当我圆满完成领导交给的每项任务时，领导脸上的充分肯定就是最美的诗；当我用我认真负责的工作态度与同事们合作时，大家的那份默契，就是最美的画。小浪底的确很偏僻，但这里有碧绿的水，蔚蓝的天，幽雅的环境，文明的人，我内心真实地感到：在这里学习、工作，前途是光明的，是目标远大并有志于祖国水利水电事业的青年们的理想之所在。

在小浪底的这段日子里，我们工作充实，还有着相当丰富的业余文化生活，单位为职工创造了幽雅的生活环境，这里绿树成荫，花草繁茂，这里有专用的游泳池、健身房、足球场、篮球场、羽毛球场等，为我们这群年轻活泼的青年提供了理想的健身娱乐之所。小浪底建管局定期安排部门之间进行体育比赛，既活跃了职工的生活，又加深了同事之间的感情。书是全人类的营养品，到了晚上，阅览室里读书看报，充电的同时也是一种享受。工作疲劳了，与爱人携手去坝后保护区，在青山绿水中间，呼吸着空气中弥漫着的温馨质朴的花草香气，感受四季轮回幻化出的各色的美丽，怡然自得地欣赏着这一片惬意的天和地，不仅仅是自我感觉良好，不仅仅是身心得到舒展，而且也可称得上是一个心灵的小憩吧！清晨独自漫步在工区的林荫小道上，阳光透过树叶映照出斑驳的树影，鸟儿们和着明媚的阳光竞相争鸣，职工食堂饭菜的香气悠悠弥漫，忙碌而又

充实的一天由此拉开序幕。

身为小浪底人我感到很自豪。有同学朋友问及我在哪工作的时候，我总会骄傲地说：小浪底，欢迎你来玩。当然这绝非是我个人在炫耀，而是我发自内心的对小浪底的热爱，我想让更多的人认识小浪底，了解小浪底水利枢纽工程，让我们的小浪底水利枢纽工程放射出更美更炫的光！我眼中的小浪底是如此的多彩、是如此的美丽。

# 奉　献

刘学鸽

初次认识小浪底是在初二的地理课本上，只知道小浪底洛阳以北40公里处黄河上的一个地名，那里有一座世界闻名的水利枢纽。随着时间的推移，2005年我有幸来到小浪底建管局水力发电厂工作，对小浪底有了更为深刻的了解。

小浪底水利枢纽不仅仅是一座水电站，还具有防洪、防凌、灌溉、减淤、供水等社会效益。当洪水逼近，危及母亲河两岸人民的生命时，她挺身而出，以自己高大雄健的身体挡住洪水；当天气寒冷，母亲河要结冰时，她关闭闸门，防止河面的冰块堆积，堵塞河道；当母亲河下游的土地干涸时，她送来涓涓细流，滋润着黄河两岸的每一个生命；当母亲河泥沙淤积时，她调水调沙，为母亲河减肥；当母亲河下游的华北地区缺水时，她及时地提供宝贵的水资源。相反，她从不计较自己的得失，不计较自己能发多少电，能挣多少钱。因此我说，小浪底是母亲河最孝顺的儿子，是母亲河上的一道靓丽的风景线。

小浪底水利枢纽是奉献的小浪底水利枢纽，小浪底人同样

是奉献的小浪底人，他们真诚执着、默默地奉献着自己的青春。一个偶然的机会，我看到了一个小浪底职工孩子的作文，使我感触很深。作文的题目是“分离”。他在文章中这样写到：“分离是我人生学会的第一课。小时候，目送父亲登上通往小浪底的汽车，分离，最少是十天到半月。很小的我，就懂得父亲不在身边的滋味：家长会，永远是母亲在参加；上补习课，总是母亲伴在身边；作业本上，甚少出现父亲的笔迹。成长的相册中，父亲的照片，很少，很少，更遑论合照。在人生成长的课程中，父亲曾经扮演过教练，体育老师，但对于‘父亲’——这个代表着常伴身边的词——他的扮演，令人有些失望……9月份，我将前往北京上学，我们一家三口，分处三地，更加淋漓尽致地诠释这个词——分离。”看完这篇文章，我心里一阵酸楚，对于小浪底人来说，特殊的职业注定着大多数人都要面临着“分离”，但是他们从不计较个人得失，无怨无悔、无私奉献在小浪底这片热土上，尽情地挥洒着自己的青春。

一首歌这样唱道：“只要人人都献出一点爱，世界将变成美好的人间。”作为一名小浪底人，我是自豪的，因为我能够在母亲河的这块土地上谱写自己青春的乐章。也正是因为小浪底和小浪底人的无私奉献，才换来了宁静乡村的万家灯火，喧嚣都市的霓虹闪烁；才换来了酷热夏日的凉风习习，冰雪寒冬的春意融融。

# 见证小浪底

杨继斌

1997年大学毕业，很多同学都选择留在大城市发展，我选择了小浪底。回想当初，我其实对小浪底水利枢纽并不了解，只知道它是国家在建的一个大型水利工程，其他的什么都不知道了。

一晃十多年过去了，现在我已从一个对水利工程所知甚少的懵懂青年，成长为一名合格的工程运行维护管理人员。回想这些年的经历，一切仿佛昨天发生，历历在目。

1997年10月28日，小浪底水利枢纽工程截流。

1999年10月25日，小浪底水利枢纽工程下闸蓄水。

2000年1月9日，小浪底水利枢纽首台机组并网发电。

2001年12月23日，小浪底水利枢纽最后一台机组并网发电。

2002年7月4日，小浪底水利枢纽首次调水调沙。

2005年8月23日，小浪底水利枢纽水力发电厂获得“一流水力发电厂”称号。

2005年10月26日，小浪底建管局获得“全国文明单位”称号。

2009年4月7日，小浪底水利枢纽工程通过国家竣工验收。

说实话，人的一生是非常短暂的，在小浪底的这些重要经历对我来说弥足珍贵，我也为自己能亲身见证这么多的重要事件感到非常荣幸。这些年来，我经历了小浪底水利枢纽从建设到运行再到维护管理各个时期，期间大大小小的事件举不胜举，但无论在哪个阶段，小浪底人不断创新、不断学习、不断超越，始终保持先进的精神一直鼓舞着我，使我受益匪浅，使我不断成长成熟。

“索赔与反索赔”，这个词汇对我们经历过小浪底水利枢纽工程建设的人来说是再熟悉不过的了。众所周知，小浪底水利枢纽工程是首个采取国际招标国际合作的大型水利工程，一、二、三标总承包商分别是意大利、德国、法国公司，他们采取的是“低价中标高价索赔”的方式，由于我们在国际水利工程建设管理方面缺乏经验，国外承包商对我们提出了大量索赔，并提出各种理由延缓工期。面对现状，小浪底人没有被吓倒，而是知难而进，通过对国际咨询工程条款的学习研究，对外国承包商的很多“无理索赔”予以拒绝，并对承包商由于自身原因对工程造成的损失提出了“反索赔”，为国家挽回了巨大的经济损失，保证了工程的顺利合格的完工。

创建“一流水力发电厂”，在小浪底水利枢纽最后一台机组（1号机组）投产发电以后，小浪底建管局领导班子适时地对水力发电厂提出了这一目标要求。对于水利系统来说，创建“一流水力发电厂”挑战性可想而知。小浪底人知难而进的精神再次体现，各个部门克服重重困难，精诚合作，用了短短三年多的时间就获得了“一流水力发电厂”的称号，这不能不说是一个奇迹。

总之这些年来，在小浪底的经历都是我人生的重要财富，我非常珍惜，我也为自己是小浪底人而感到自豪。

# 充满魅力的小浪底

王首达

“人生就像是一场旅行，不必在乎目的地，在乎的是沿途的风景和看风景的心情……”这是我最喜欢的一段广告词——它虽精短，却包含了很深的哲理。

风景无处不在，它就融在我们的生活中。就像我工作和生活的地方——小浪底水利枢纽。

如果保持一个平常的心态，静心地欣赏，你会发现一个别样的小浪底，一个其实很普通的小浪底，至少在我的眼里，小浪底有着别样的魅力。

我眼中的小浪底不需要雍容华贵，也不需要富丽堂皇，它可以是朴实的、简洁的。因为，在我眼中，晴天是一种风景，雨天也是一种风景。在晴天，我们可以沐浴在阳光下，贴近它的怀抱；在雨天，我们可以坐在窗口，看着窗外的风景，让思绪飞驰在千里之外，让心灵洗去忧郁，留下快乐，洗去灰尘，留下纯洁。

我眼中的小浪底不要多么的宏伟壮观，也无需中外驰名，它

可以是清新的、自然的。因为，在我眼中，一片不大的草地便是足以令我高兴，我可以贪婪地吸着空气中淡淡的青草香，漫步在浅浅的草丛中，尽情享受裤脚被露水沾湿的感觉，也可以在草地上香香地睡上一觉，让大自然在梦中尽情地舒展。一株娇弱的花胜过那些名山大川。佛祖曰："一花一世界，一叶一菩提"。我可以嗅着淡淡的花香，听着花开花落的声音，分享花开的喜悦，感受花谢的壮丽。

我眼中的小浪底没有风花雪月，也没有悲伤离合的动人情节；既不柔情似水，也不波澜起伏。我眼中的小浪底是"君子坦荡荡，小人长戚戚"，是"出污泥而不染，濯青莲而不妖"，是平静、温婉、恬静的邻家女孩。

当然，我眼中的小浪底也有着夸父、精卫、愚公的执着，有着牛顿、爱因斯坦的智慧，有着特洛伊、古罗马战争的热血沸腾、血脉喷张……

我不是一个善于发现的人，但我可以为我所发现的去欢、乐、喜、悲。风景可以不同，但看风景的平和心态是相同的，我眼中的小浪底是那样的美丽，但这美丽与众不同……

我眼中的小浪底，正如我改编的几句歌词所表达的："你是那耀眼的瞬间，是划过天边的刹那火焰，我为爱你而不顾一切，熄灭我将永不能再回来……"

# 美丽的小浪底

马尚焜

小浪底，对于这个地方我总是充满着一种连自己也说不清道不明的情感。

在我的眼中，小浪底水利枢纽是中国水利史上具有重要地位的水利枢纽，而她又不仅仅是一座水利枢纽，她是一个需要我们用心去体会的地方，又仿佛是一位从雾中缓缓走来的年轻女子，充满着令人向往的未知，等待着我去追寻，去共舞……

金秋十月，因为工作的关系，我来到了小浪底，虽然天气已有些许凉意，却无法掩饰我内心的喜悦和激动。第一次来到小浪底，对于这里的一切都是那么的新奇。当然，小浪底也用她那特有的方式回报着我。当我看到坝后保护区里那一大片绿得耀眼、柔软如锦缎般的草地；当我看到湛蓝的天空中，鸟儿从金色的阳光里掠过；当我嗅到宿舍区里那渗着泥土气息的花香；当我看到一座巍峨的大坝坐落于峡谷之间，以她的宽广胸襟，包容着一切，以她的慈爱滋养着华夏儿女，我的心不由得摇曳起来。微风拂过，仿佛有一双温柔的手，在抚摸着我，引

我入幻境……

小浪底是一个充满浪漫气息的地方，她静谧，恬静，君不见滔滔的黄河水流淌千年，见证了这片土地上的多少喜悦和哀愁。而今，再也见不到那滔滔浊浪，清澈的河水从黄河故道缓缓流下，在翠竹绿柳的环绕下显得分外妖娆。一对对情侣的脸上掩饰不了的是幸福和喜悦，他们选择在黄河之滨，留下他们青春的倩影，让母亲之河见证他们不朽的爱情……

小浪底是一个充满激情的地方，君不见黄河之水天上来，奔流到海不复回，在那个夏天，滔滔黄河之水从小浪底奔涌而下，去滋润那已经龟裂的土地，去滋养下游那千千万万中华儿女，母亲河用她的行动告诉她的儿女，这是何等的大爱。

这就是小浪底，她承载了母亲河的殷殷期望，那条孕育了中华文明的母亲河在此安澜，水波重复着往日的清澈，风过水面波光粼粼，反射着阳光，好似宝石洒落，远望那座连接着黄河两岸的桥，宛若丝带般映衬着她，面对如此美景，所有赞美的语言都已苍白……

我眼中的小浪底，将永远永远都是最美的。

# 平凡的小浪底人

韩宏斌

转眼间，加入小浪底建管局这个大家庭已5个年头，在这5个年头当中，我深刻体会到这个家庭的每一位成员身上的使命感与主人翁精神，无论是领导还是普通员工，都在自己平凡的岗位上为小浪底的各项事业默默奉献。

还记得那令人振奋的一刻——年发电量突破60亿千瓦时的时候，我与并肩作战的同志们都分外激动，兴奋、自豪的心情溢于言表——小浪底建管局的成功正是全局上下团结奋斗的结果。艰辛、汗水怕什么，熬夜又算得了什么，与这“60亿”的喜悦相比，无论任何付出都不足挂齿！

无论何时，电厂的每一个员工都处在一种在线状态，你稍加留心，就会看到他们走路经常都是风风火火，略带小跑，不用说，那一定又是赶着去故障现场；即使是深夜，即使刮风下雨，电话铃声就是号角，只要有任务，他们就会不顾一切冲锋陷阵，奔向工作第一线。而在这时，更多的人正在享受幸福的生活，感受家庭的温馨……这就是他们，小浪底建管局水力发



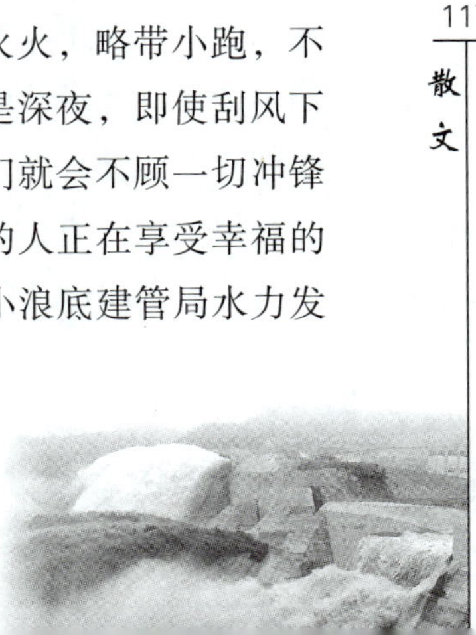

电厂一些再平凡不过的职工，冒严寒、战酷暑，为了电厂的安全、稳定运行，他们放弃了无数个与亲人团聚的节假日，放弃了安稳平静的生活，放弃了似水年华的青春。坚守、坚守、坚守，这就是他们的信念！在他们的眼里，自己肩头的责任大于一切！枢纽的安全稳定运行大于一切！他们用青春守住了小浪底水利枢纽，成就了自己的梦、自己的人生。这不就是一个追梦的过程么？年龄不大，但是志气冲天，敢为天下先。这就是小浪底人的真实写照！

让我们把画面定格在2009年春天那场罕见的旱情，为了帮助沿黄流域抗旱保苗，一张又一张的水调指令被传到小浪底水利枢纽中控室：1月6日至2月16日，先后7次加大小浪底水库下泄流量。1月6日发布蓝色预警后，由290立方米每秒增大至350立方米每秒；1月11日发布黄色预警后，进一步增大至500立方米每秒，1月30日进一步增加至550立方米每秒；2月3日发布橙色预警后，增加至600立方米每秒；2月6日发布红色预警后，再增加至700立方米每秒；2月8日再次增加小浪底水库泄流至900立方米每秒，这是多年同期均值的3倍以上，为河南、山东沿黄抗旱用水提供了坚实保障。2月10日下游封冻河段平稳开河后，2月16日再次加大到1000立方米每秒。水情就是命令，为了将流量控制得更加准确，电厂及分厂领导高度重视，专门召集值长等有关人员召开紧急会议，针对当前严峻的抗旱形势，紧急部署电厂运行工作。为了多发高峰电提高峰谷比，各值长积极联系调度争取在用电高峰多开机组，多带负荷，在后夜负荷低谷期主动与调度联系停机，合理安排机组运行方式；保证流量在水调指令的允许范围内。每一位值班员加大对设备巡视力度，查找缺陷，认真做好日常各项工作，确保设备安全稳定运行。运行分厂全体员工团结一心，全力以赴，立足岗位发扬主人翁的精神，监屏人员每隔半个小时利用手机查询一次水情，实时掌握水情的变化情况，以便作出相应的调整，确保流量的控制精确度在±2%范围内。调整机组检修计划，利用后夜停机期间进行机组的小修，调整值班方式安排专人配合维护分厂进行夜间维护、消缺工作。经过运行、维护工作人员的连夜奋战，在保证满足下游抗旱供水的需要和电调服从水调的前提下，利用9个后夜完成了小浪底6台机组的检查维护预防性试验和消缺工作，确保了机组安全稳定运行，避免了因为机组原因造成弃水的状况，创造了良好的经济效益发挥了小浪底的社会效益。

我们的付出使得下游的旱情缓解，换来了曾经受肆虐干旱摧残而变黄变枯的麦苗的返青，换来了夏粮的丰收，确保了国家粮食的安全生产。事实证明我们的每一名员工都是好样的，困难面前没有推诿退缩。我们是一支坚强的队伍，是一支敢打“硬仗”的队伍。我们已经做好了各项准备，去迎接更大的、更具挑战性的困难。

青春是美丽的，一个人的青春可以平庸无为，也可以放射出英雄的火光；可以因虚度而懊悔，也可以用结结实实的步子走向壮丽辉煌的成年。要想做出一番事业，必须经过努力，付出实际行动。因此我们青年一代要牢固树立不怕困难、勇于创新的精神，从一点一滴做起，做好身边的每一件事，以扎实的专业功底去面对工作中的各种困难。利用前辈们为我们创造出的一流工作环境，加倍努力，不断探索，做一名优秀的枢纽运行人员，为小浪底建管局的蓬勃发展作出自己应有的贡献。

# 融　入

赵　吉

当巍峨的小浪底水利枢纽大坝在老一辈建设者们披荆斩棘、削山截岭的不懈努力中拔地而起时，当浩荡的河水开始按人们的意愿温顺地造福人类时，当万古奔流的黄河的惊涛骇浪化作清澈的涟漪时，当历史的背影开始渐行渐远、小浪底竣工后发挥着它巨大的社会效益和经济效益时，我们透过小浪底水利枢纽论证、施工、移民等一幅幅壮丽的画卷，也看到了一种与小浪底工程相生相伴的伟大精神——小浪底精神。

## 一、初识小浪底精神

2006年走出校园的我，走进了这个让我无限向往的地方，首先让我印象深刻的就是它的有序，完善的企业文化，有序的培训机制。从局情局史教育中，我听到了一曲曲决策者、设计者、建设者和百万移民共同唱响的感天动地、改造自然的颂歌。从踏入本职工作的业务培训中又听到了电厂运行老同志“扎实本领，做到召之即来、来之能战 、战之能胜”的严词重托。在和老同志的接触中都能深深地感觉到他们身上那种小浪底人特有的自豪。是啊！他们有理由自豪，歌德曾说过，“你若要为你的意义而欢喜，就必须给这个世界以意义”。他们的奋斗就已经赋予了这个世界足以铭记的意义。

## 二、 融入小浪底精神

午夜时分，随运行老值班员走在设备巡检路上时，空空的交通洞慢慢地拉长着自己的背影，悠远的脚步声踏响了寂静的夜曲。寂静但不孤单！因为老一辈建设者，精诚团结、凿山奋进抢占工期的战役总能浮现眼前。走着走着，在你全然不知时，会突然从你眼前有人影出现，或是站在故障设备控制柜后，或是站立在几米高的压油装置上，亦或是在地下渗漏排水层中的阀门旁、没有惊恐，只是一句“在工作啊” 的问候。跟着老值班员一样样地巡检设备，一层层地巡查机组，从开始的繁琐和不解，到现在的习惯和自然投入。当自己再来追问为什么会有这样的变化时，心里只是感觉“大家都是这样做的”。这就是企业精神，在局领导构建的完善的机制形式、缜密的组织结构、完善的思想理论方向和培训体制下形成的共同内心态度、理想追求和行动准则。

当前，局领导在新形势、新任务、新起点下，又为小浪底精神提出了新元素，“管好民生工程，谋求企业多元化发展”。作为一名年轻的水利工作者，我们所能做的，就是要继续发扬小浪底精神，在认清形势中求变，在统一思想中求和，在改进作风中求实，让小浪底精神在我们身上续写新的篇章。

# 平凡中的不平凡

于　跃

时光如梭，转眼间我来到小浪底已5个春秋了，5年中的风风雨雨，酸甜苦辣都是记忆长河里不显眼的小小浪花，随波飘去。让人无法难忘的是这里的人和事。

小浪底水利枢纽的人是平凡的人，比起奥运赛场上挥汗如雨的健儿，我们只不过是共和国大厦里不起眼的小小沙石。小浪底水利枢纽的工作是平凡的工作，比起边疆要塞里保家卫国的大军，我们只不过是社会主义现代化建设队伍中一个小小的卫兵。我们既决定不了国计民生，又无法轰轰烈烈。我们只不过日复一日守着高峡平湖的美丽，维持着机组设备的安全运行。

小浪底水利枢纽的人又是不平凡的人，我们抛家弃子，来到大山深处，黄河身边。我们有太多太多的人数十年如一日过着两地分居的日子。我们甘心奉献，只为了万家灯火依然点亮，只为了小浪底水利枢纽这个国家重点工程红旗招展。

让我感触最深的是这平凡的工作和不平凡的奉献并没有消磨掉小浪底人的精神。我们依然神采奕奕地投入每一天的工作生活当中。小浪底清新的空气似乎陶冶了我们的情操，让我们甘愿奉献，不在乎日久经年。

我们都年轻，有干劲。我们身上的担子很重，区区数十人就要负责小浪底、西霞院两个电站的运行维护。我们爱钻研，爱提问题，区区十几年就做了上百项技术改造，发表了不计其数的论文，赢得了无数奖项。我们不怕吃苦，以机组运行为重。深夜里常看到我们在厂房里忙碌的身影，却从未听说谁斤斤计较，为深夜加班要过加班费。我们团结和睦，领导和下属好似一家人。

我曾经问过我们，这样到底为什么。我们回答说，习惯。这是我们的前辈潜移默化交给我们的接力棒，我们接过它眼里就只有终点线。我曾经问过我们，这个问题为什么。我们不厌其烦，一遍一遍地讲解，无论是多么高深的技术理论，还是简简单单的动手操作。我在我们中，渐渐成长，慢慢成熟。有一天，我们问我为什么，我没有回答。我只能用辛勤工作来表心意，因为我也是我们。

小浪底的人让人难忘，小浪底的事也让人激动。在这里，绿树成荫，风景如画。一改工业企业灰色的外衣。在这里有全国文明单位的锦旗，有投产达标的业绩。在这里没有人浮于事，没有官僚主义。整个小浪底高效运行，紧张有序。在这里我学到了办事要风风火火、雷厉风行。在这里我学到了工作要兢兢业业、一丝不苟。虽然来了只有短短5年，我确实学到了很多。

这是我眼中的小浪底。因为这里的人和事而更加富有竞争力的小浪底，因为这里的人和事而更加美丽的小浪底。

# 特殊情怀

苏　畅

小浪底——这个名字早在我上中学的时候就家喻户晓，其影响力不亚于三峡，当时我就盼望能亲自到小浪底去看看，亲身感受一下小浪底水利枢纽的雄伟和壮观。带着这份憧憬我报考了水利院校，如今如愿以偿成为小浪底建管局的一员，心情感到无比的骄傲和自豪，同时对小浪底有了一种特殊的情怀。

九曲黄河，穿境中原，北出济源30公里，一座大坝将黄河截断，高峡出平湖形成的千岛星布让人叹为观止。登山眺望，波光粼粼，瑰丽景色让人流连忘返，这就是小浪底。

雄伟的小浪底水利枢纽工程是一座以防洪、防凌减淤并兼顾供水、灌溉和发电等综合利用的特大型水电工程。涉及土方1亿立方米，堪称当代的“愚公移山”。小浪底水利枢纽工程创下了多项世界和国内第一，这些成为小浪底水利枢纽工程闻名国内外的原因。

小浪底水利枢纽有如此骄人的成绩，离不开一支吃苦耐劳、拼搏进取的队伍，离不开小浪底人智慧的播撒。

为了工程建设，小浪底人十多年如一日，呕心沥血，无怨无悔。很多人在工程刚开工就已年过花甲，本可以退下来享清福了，但他们仍然活跃在工地上；有的和妻子、孩子分居两地多年，说不清楚在办公室度过了多少节假日；有的身患重病，手术过后仍然和其他人一样超负荷工作；有的甚至献出了自己宝贵的生命……正因为无数英雄前辈们无私的奉献和付出，才有小浪底辉煌的今天，黄河才得以安澜、福泽人民。

就是这样一群普普通通的小浪底人，他们用辛勤的汗水，用青春和生命守护着小浪底，铺设了一条又一条坦途；就是这样一群普普通通的小浪底人，他们用拼搏进取、永不言弃的精神感染着我们身边的每一个人。

如今小浪底人继承发扬了前辈们吃苦耐劳、团结拼搏的良好传统，他们为实现共同的目标和理想，凝聚全体职工的意志、智慧和力量，同心同德、积极进取。

因为有了你们，小浪底水利枢纽才有了今天令人自豪的名气；

因为有了你们，小浪底建管局才能在前进的道路上不断奋进；

因为有了你们，我们这些年轻人才对小浪底产生了特殊的情怀，甘愿扎根这里，奉献自己的青春和年华；

因为有了你们，我们更有信心：小浪底水利枢纽的明天一定会更加灿烂辉煌!

# 外商营地印象

金　虹

桥沟河，小浪底水利枢纽大坝下游的一条小河。小河虽小，可是每当大雨时节，河水挟杂泥石翻滚而下，涛声轰鸣，场面景象也甚是壮观。

就是这条小河，在小浪底水利枢纽工程建设期间极具象征意义，一度成为小浪底水利枢纽中方建设者与外商“小联合国”大军营地的分界线。当时，工程业主小浪底建管局的办公及生活营地位于桥沟河的东岸，而乔沟河西岸便是“小联合国”——外国承包商的营地。沿着桥沟河自南向北，依次是Ⅲ标法国承包商、Ⅰ标意大利承包商和Ⅱ标德国承包商的营地……来自51个国家的700余名外国施工管理人员、水电专家、外籍劳务便在这里办公和生活。

每当夜晚来临，桥沟河对岸专门为老外服务的酒吧、歌舞厅、路边的啤酒小摊竞相开放，灯红酒绿。扎着马尾辫的意大利人、腆着啤酒肚的德国人、浪漫的法国人、皮肤黝黑的巴基斯坦人、跟在左右的翻译……自驾着越野车、皮卡车，在桥沟河边疾驰，或三五成群地到酒吧小啜。这在20世纪90年代初期豫西的小山沟里，真可称得上是一道风景。

营地的设计建设，往往依山就势，对地形地势不做太多人为的干预，这与中国传统的做法形成了鲜明的对比。中国的房屋讲究坐北朝南，注重朝向，对地形也往往是削凸填洼，力求平正。外商这种做法恰恰形成了别样的风格，几排米黄色外墙、砖红色屋顶的小平房，几幢高低不一、外墙红砖不作任何粉饰，用英文字母作为楼号的楼房。

无论别墅，还是楼房，或依山势，或顺路向，或让树木，高高低低，错落有致，充分展现着欧洲建筑的风貌，又或多或少融入了一些中国的元素。老百姓旧时的石磨，或被镶嵌在干打垒的墙壁上，或被用来作为凉亭的桌面；老百姓的窑洞，经过改造，成了酒吧……

营地设施非常齐全，学校、游泳池、网球场、足球场、酒吧、保龄球馆、停车场，等等。有些房屋外观并不起眼，但里面的设施却相当齐全，管理人员或专家住房，大多三室一厅或四室两厅，空调、冰箱、热水器等日常必备设施一应俱全，外商还从其本国运来了柜式电磁炉，有的房间还设有壁炉等设施。

工程结束后，工程业主收回了外商营地，曾经的“多国部队”的营地，变成了小浪底人的宿舍。管理者全然保留了外商营地的建筑风格，大多设施设备经修整后重新投入使用。

而今的营地，绿树浓荫，鸟语花香，工作了一天的小浪底人在环境优美、空气清新的营地内舒展筋骨，将一天的劳累挥洒在运动场上，消解在游泳池中。

# 忘不了……

徐　强

巍巍高耸的大坝宛如奔腾而去的黄河腰间飘动的秀带；波光粼粼的坝后保护区犹如璀璨的钻石镶嵌在飘逸的秀带上……这就是美丽的小浪底。

小浪底的山美、水美，小浪底的人更美。自小浪底水利枢纽工程开始建设起，小浪底人就以大坝为家，默默承担起确保黄河安澜的社会责任。因为他们，在小浪底水利枢纽工程投入运用的10年里，留下了太多难以忘怀的记忆。

忘不了小浪底水利枢纽工程运用之初，适逢黄河连续两年来水极枯，下游发生历史罕见的旱情，小浪底水利枢纽宁肯牺牲发电效益，也要使下游人民的用水要求得到满足，成功地实现了黄河流域大旱之年不断流的奇迹。

忘不了2002年进行的黄河首次调水调沙运用试验及以后的每一年调水调沙运用，滚滚的黄河之水向东流去，带走了河床上的淤泥，疏通了母亲河的经络，开创出治理黄河新的篇章。

忘不了2003年的秋汛，绵绵的秋雨形成了肆虐的洪水。正是小浪底人坚定地执行着黄河防汛总指挥部的每一道指令，力挽狂澜，将汹涌的洪水驯服，谱写了一曲人定胜天的赞歌。

忘不了，在黄河连续十年不断流的过程中，小浪底水利枢纽发挥的巨大作用，使得我们的母亲河重新焕发出活力，奏响了一曲绿色的赞歌。

忘不了，小浪底水利枢纽配合黄河防汛总指挥部实施的一次次引黄济津、引黄济青、引黄济淀，正是小浪底水库的平稳泄流，使得甘甜的黄河水不远千里汇流到了干涸的北方城市、湖泊。

忘不了，2009年那50年一遇的特大春旱中，小浪底水库下泄的清水源源不断地送入干涸已久的中原大地，为豫鲁两省的大旱之年大丰收奠定了坚实的基础。

如今，通过国家竣工验收的小浪底水利枢纽正以开阔的胸襟，招揽来自五洲四海的宾朋；正以“管好民生工程、谋求多元发展”的目标绘制着发展的宏伟蓝图：大藤峡、龙背湾水电站的建设工地也正涌现着小浪底人的身影。

小浪底人正在用奋进的汗水，更加顽强的拼搏，创造出更多的忘不了。

# 我的“桃花源”

李银锴

近日，喜讯传来，小浪底水库被评为河南省十大水库之一，这是小浪底的骄傲，也是我们的骄傲。我为自己是小浪底建管局的一员而自豪，为我能在这样一个景色优美、富有朝气的环境中工作而感到自豪！

不知不觉，我来小浪底水利枢纽已4年有余。在我的心目中，这里除了是我工作和学习的地方，她更像是我的家，而且更像是陶渊明笔下的桃花源一样美丽的家。

春天，我像草儿一样贪婪地吮吸着芬芳的甘露，享受着温暖和煦的阳光，心情格外舒畅；夏天，我在知了悠扬的叫声和坝后保护区那潺潺的流水声中，安然入睡；秋天，一个丰收的季节，我拾起一片被秋风吹落的红叶，放进口袋里，为自己留下一份成熟，也为自己留下一份岁月的足迹；冬天，白雪纷飞，我在一片片晶莹的雪花中，经受大自然的洗礼，也为自己的心灵添一份洁白。

我参加工作的第一个岗位是运行值班员。第一次走进变电站，看到那一排排的输电线路和变配电设备，心里不由得有些发憷，但“干一行，爱一行”的决心以及几年来的努力学习和工作，使我深深地爱上了运行岗位。

运行工作看起来挺轻松，其实责任重、风险大，神经时刻都得紧绷着，容不得有半分松懈。虽说是坐着值班，但心却不能“坐”着，任何信号、任何异常变化都要认真分析，谨慎对待，时刻都得做好“事故预想”，预想一切事故出现的可能。遇上天气恶劣时值班，那更是要精神高度集中，一遇故障，要绝对保持“冷静、正确、迅速”，及时将故障切除。这一点，对于我们作为河南电网主调频厂来说尤为重要。

运行工作最基本的要求是细心。为了能早点胜任自己的工作岗位，尽快提高自己的业务素质，我把自己沉进了知识的海洋，理论结合实践，努力学习，积极请教，深入探索，全面总结。

运行工作最怕的是“误操作”。一次不慎的操作就会导致恶性误操作事故，甚至会造成“车毁人亡”的结局。但只要操作前多一份细心，严格遵守规程，不冲动操作，不盲目操作，想清楚再操作，“误操作” 完全是可以杜绝的。很多同事都不想做这份工作，觉得这个工作太过操心，而我却对它情有独钟，不只是因为它让我掌握了许多知识，更多的是它让我练就了一身独当一面的勇气。

小浪底，让我学会了做人要诚恳，让我懂得了工作要有责任心，让我明白了学习要格外用心，让我在人生的道路上越走越宽阔。



小浪底，这里是我梦开始的地方，她就是我的“桃花源”，我期望着在这里奉献我的一份智慧和力量，为小浪底水利枢纽更美好的明天而奋斗！

# 心中的灯塔

李　翔

转眼之间，我来到小浪底建管局已经整整3年了。3年前，我与18名与我一样刚刚从学校毕业的同志们一起，带着几分青涩、几分憧憬来到了美丽的小浪底，在这里迈出了我们人生事业上的第一步。

小浪底水利枢纽，是我人生第一个如此近距离接触的国际级大型水利工程，所以，一到这里我就迫不及待地想要去看看她。在刚到小浪底枢纽管理区的那段时间，我一有空闲，就出去走，在坝前、在库边，到处都留下了我的身影和足迹。

记得在刚到小浪底枢纽管理区的一个清晨，我按捺不住内心的激动，独自前往清晨的大坝，想一睹这座宏伟建筑的芳容。脚下是干净整洁的工区道路，道路两旁绿树森森、碧草成荫，清晨的阳光透过枝叶射出道道光柱，炫目耀眼。顺着道路向前望去，公路的尽头是那层峦叠嶂的群山，定睛一看，在那巍峨的群山环绕中屹立着的，正是我魂牵梦绕的黄河小浪底水利枢纽大坝！在清晨的阳光抚摸下，大坝就像是披上了金色的斗篷，而斗篷下那庞博的体格和刚毅的线条仿佛蕴含着无穷的生机与力量！第一次亲眼看到小浪底水利枢纽，虽仅是远眺，但一个坚毅挺拔的伟岸形象却深深地印刻在我脑海中。

在这里工作和生活一段时间后，我慢慢地看到了更多小浪底的美景，了解了更多小浪底的人。

那时小浪底的昼，经常是骄阳似火，烈日炎炎。我以为，选择避暑才是当时人们应做之事。而令人愕然的是：我看到的却是来自全国各地的游客不畏烈日尽兴游览，争相观赏“黄河之水天上来”的壮美景色；我看到的是西霞院反调节水库建设者们头顶烈日、挥汗如雨的辛勤工作；我看到的是令人景仰的小浪底水利枢纽在炎炎烈日下稳定地运行，她面带微笑欢迎着各地络绎不绝的游客，饱含期待、静静凝视着不远处正茁壮成长的西霞院。

那时小浪底的夜，经常是空旷娴静、悠远神秘，当白日的游人渐渐散去、远处的群山隐入黑色的幕布中，小浪底是如此的安宁，四周的一切仿佛已经睡去，只有阵阵河涛的拍岸声传入耳中，似乎在告诉我，黄河没有停下！小浪底没有睡去！

在茫茫夜色中，我依然能看到：那灯火通明的工程纪念广场，屹立在广场上的七个造型各异的雕塑，仿佛在静静地诉说建设者们当年的风采；那伟岸大坝上亮晶晶的小浪底三个大字，依然是那么的清晰、那么的璀璨夺目。我能看得到的、这时的小浪底水利枢纽大坝依然静静地躺在那里，抚摸着母亲河的脉搏，不曾停歇地行使着自己的职责。

后来，因为工作的需要，我来到了郑州，进入机关工作。本以为离开小浪底枢纽管理区，小浪底也就不会经常出现在我眼中了，她的形象也许会渐渐模糊起来，未曾想，我和小浪底的空间距离增加了，但是在我眼中却逐渐浮现出一个更加清晰

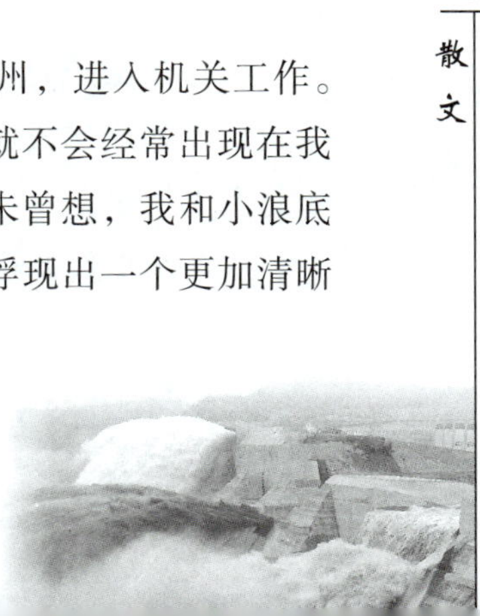

的小浪底。

在郑州办公楼一楼大厅有个电子展板，我每次上下班都会看它一眼。有无数次，我能看到这样几句话：“忠诚守信，敬业负责；团结协作，勤于沟通；积极主动，精于专业；终生学习，发展自我。”

这几句话只是一个口号么？他又代表了什么？一开始我不禁陷入了思考。

我明白了，我眼中枢纽管理区那干净整洁的道路的背后，站着一个全国文明单位——小浪底建管局。

我眼中蔚然屹立的大坝后面，挺拔着一个讲究科学管理、可持续发展的单位——小浪底建管局。

我看到了人们之所以不畏烈日饱游的小浪底身后，有一个以建设和管理好小浪底为己任、立志为人民奉献一个美好和谐的单位——小浪底建管局。

我看到了在热闹亦或安静的小浪底的无数个日日夜夜背后，始终有一群人孜孜不倦地工作，是他们以安全为座右铭、以发展为己任、以科学的建设管理方法，为人民、为国家维护着这座雄伟的、关系着国计民生的黄河小浪底水利枢纽。这群人凝聚在这样一个单位——小浪底建管局。

此时，电子黑板上的警句又在我眼前一一浮现。这是积极向上、锐意进取的小浪底人的精神，是肩负历史使命与责任、阔步向前的小浪底建管局在发展壮大中点点滴滴总结出的企业文化。

正是在这样的企业文化、精神指引下，小浪底人发挥出了巨大的光和热！我们亲爱的小浪底才能日日夜夜宁静和谐、又如此生机勃勃。

在郑州工作的这段时间里，我无时无刻不感受到小浪底人作为工程的建设者和管理者所需要付出的巨大的艰辛努力。我看到了小浪底人身上担负的巨大的荣耀与责任，但我更看到了走在我前面的小浪底人是如何励精图治追求卓越，再创辉煌不断前行的。

如果说，我初到小浪底，看到大坝上的“小浪底”这三个字只是在夜色中璀璨，那么，现如今“小浪底”这三个字已经深深地印入我心，犹如一座灯塔在我心中发光发亮，照我前行！在这座灯塔的指引下，我会踏着先行者的足迹，发出自己的光和热，为小浪底水利枢纽再添光彩！

就在今天，我能骄傲地说：我以自己身为一名小浪底人而感到骄傲和自豪！而我眼中的小浪底水利枢纽：明天必将会更加辉煌！

# 小浪底印象

沙　林

2005年，大学毕业的我来到了小浪底。一踏上这片土地，宏伟的大坝，秀美的河水，蔚蓝的天空，曲折的山路，清新的空气，就深深地吸引了我，令我开始爱上这个我将为之奋斗终生的地方。

小浪底水利枢纽位于洛阳以北黄河中游最后一段峡谷的出口处，它不仅是中国治黄史上的丰碑，也是世界水利工程史上最具有挑战性的杰作，整个工程共创三项世界纪录，六项中国纪录。小浪底是观赏黄河沧桑巨变的一大景观。水库蓄水后在大坝上游形成272平方公里的浩瀚水域，其高峡平湖，港湾交错，山水交融，风光旖旎的景观，构成了一幅山清水秀、北国江南的壮丽画面。

沿着蜿蜒曲折的盘山道向上走去，路边尽是松柏、翠柳，山间野花盛开，鸟啼不绝于耳。向左右两面看去，一个个山体被一根根钢筋铁索穿连，有的被削成斜面，有的被削成梯形，煞是壮观，令人不由不感叹人类的伟大，激动之情油然而生。

进入小浪底水利枢纽地下厂房，真是山中洞天，硕大的山体被挖空，形成一个宏伟的厂房。厂房内灯火辉煌，6台30万千瓦的机组发出隆隆的响声，一个个头戴安全帽的同事步伐坚定地巡视着各个设备的状况；一面面盘柜整齐地排列在机组一侧，地面一尘不染。而此时你的脚下，黄河水正奔流而过，至出水口，咆哮腾飞，形成一条条威武的白龙、黄龙，顷刻间，投入母亲河的怀抱，溅起一摊摊巨大的水雾。每年调水调沙期间，游客络绎不绝，来观赏这巨龙呼啸而出的胜景。

夜晚的小浪底更加迷人，邀上几个同事好友，一同散步，呼吸着清新的空气，听着昆虫的欢乐交响曲，捕捉几只飞舞的萤火，闲情雅致，乐不胜收。操场上，一个个运动健儿正拼命厮杀，挥汗如雨。远处，小浪底大坝正安静地矗立，她用双手揽着大江大河，揽着无数人的衣食冷暖，揽着多少人的希望与梦想。

小浪底不仅山清水秀，而且人杰地灵，汉光武帝刘秀葬于此，愚公也是在这里带领子孙完成他的壮举的。今天我们小浪底人继承前人遗志，奋发向前，不断超越，不仅在这里建起了这座令世人瞩目的工程，而且以更加昂扬的斗志，迎接各种新的挑战，使工程发挥着更大的效益。

# 我庆幸，我是小浪底人

聂元辉

节假日，风景如画的小浪底坝后保护区总是游人如织。依偎在湖边长凳上的情侣，在轻声耳语吧？甜蜜的神情，浑然不知自己已成为别人快门中的风景；远处的石桌旁是一家三口，孩子可爱得像个天使，一会儿蹦着脚指着湖水大叫“妈妈！妈妈！鱼！鱼……”一会儿又嚷着要去追公园里的兔子；皓然瀑布边一群旅友一边打闹嘻戏一边拍照留念，其中一个还爬到最高的石头上向对面的大坝高喊“你好！小—浪—底”，好像要大坝承认他们的青春无敌。闲暇时，我喜欢牵着爱人的手到保护区里散步。这儿有宛若世外桃源的宁静，小桥流水潺潺，竹林曲径通幽，鱼儿不厌其烦地跃出水面，不知名的鸟儿努力闹着枝头，野鸭子们也不甘寂寞，争先恐后地表演着它们的水上飞绝技。从正门进入保护区，穿过一个广场，就是赫赫有名的吊桥了。一阵凉风伴着水气袭来，脚下就是我们的母亲河。过了吊桥穿过雕塑广场，我喜欢沿着小路向里走，旁边的花草树木让人目不暇接，忽然豁然开朗，一片湖水映入眼帘。湖心数十米高的喷泉为湖水增添些许灵性，有风的日子这里天天都有彩虹。继续向前走是一座蜿蜒的栈桥，桥的一端通往湖心岛，而另一个方向则是小浪底工程建设殉职人员纪念碑。

纪念碑默默地站在脚落里，只有丛丛杂草和星星点点的野花与之相伴。每次到这里，我都会告诉妻子：建设小浪底牺牲了一些人，前几年上面还刻着一些外国友人的名字，而更多当地农民甚至连名字都没能留下。我不知道是否应该称他们为英雄，也许他们是迫于生计，也许在九泉之下他们会后悔来到这里。荜路褴褛，以启山林。我第一次能用到这个词语，作为一个小浪底人，我能深刻地体会到，前辈们当年克服了多少艰难，流下了多少汗水。每次想到这些我都激动不已，不知该如何形容前辈们的天功。无论如何，在我的心中，他们都是英雄。

冬天飘雪春江水暖夏花喧闹秋数落叶，游客们来了又走。英雄们只有野花杂草的陪伴会寂寞吧？吃水不忘挖井人，前辈们不仅为我们留下了一座宏伟的小浪底水利枢纽，更为我们留下了不怕流汗不怕流血的精神。那我们应该做些什么呢？

忆苦思甜是一个应该推广的生活习惯。当我们还在斤斤计较时，想想我们的建设者吧，他们把生命都留在了岗位上，我们这点得失算得了什么？当我们想偷懒拖滑时，是否应该脸红？

我庆幸自己是一个小浪底人，我们肩负着党和人民给予的光荣使命；我庆幸自己是一个小浪底人，我们继承了前辈们宝贵的物质与精神财富以及优秀的革命传统。

# 为小浪底增砖添瓦

万永发

从2005年毕业走出大学校门，我就走进了小浪底。这里是凝结了几代治黄人梦想的地方，这里有举世瞩目的工程，这工程是中外工程技术人员智慧的结晶。能进入小浪底建管局工作是我今生的骄傲和荣幸。虽然没能参加小浪底水利枢纽工程的建设是我一生的遗憾，但参与它的管理，同样有意义，责任重大，值得庆幸。

工作伊始，我参加了单位为新人组织的一系列培训。首先是进入洛阳舟桥团参加军训，培养吃苦耐劳和集体主义精神。然后是去东北丰满电校进行业务知识培训，掌握电力工作的基本知识。培训结束后回到小浪底建管局水力发电厂，我被安排到电厂机械室工作。小浪底水利枢纽是集防洪、防凌、减淤、灌溉、供水和发电六大功能于一体的综合性工程。维护好电厂机械设备，让机组随时都能够投入运行是我们的责任。

电厂的工作锻炼了我不怕苦、不怕累、守时的好习惯。经常加班加点是每一个电厂工作人员必须做好的心理准备。机组出现异常时，不管是什么时间段，一个电话就会立马召集起大批的维护人员到场，异常情况也会立即得到彻底迅速的解决。每当走在电厂地下厂房机组段，听见机组的轰鸣声，我就会从心底感到高兴和自豪，因为是我们辛勤的工作换来了机组正常稳定的运行。我们电厂的发电量也连年创下新高，每年都超过了设计多年平均发电量51亿千瓦时。能快速启动停机和迅速调节负荷的小浪底电厂机组已经成为河南省电网优良的调峰调频机组。有了小浪底电厂，河南省电网就像一个家庭有了一个性能优良的空调。

2007年小浪底反调节电站西霞院站开始了机电设备的安装，我有幸全程参与这一重大工程。带着接机发电维护的重任，我们小浪底电厂人每天深入机电安装现场，充分了解和掌握机组的结构。西霞院站4台机全部安装完成后，我们实现了接机发电维护的重大目标。到目前按照国家标准，我们小浪底电厂人已经成功监理了西霞院站2台机组的大修，使得机组性能得到更进一步的改善，运行也更加稳定。我们以实际行动表明，我们小浪底年青一代承担起了小浪底建设发展的重任。

我是一个普普通通的电厂职工，一个普普通通的小浪底人。我很自豪我能够在这个普通而光荣的岗位上奉献自己的知识和汗水，贡献自己的青春和力量，能够为这个伟大的工程增砖添瓦。

# 我知道的小浪底

胡 可

小浪底，北踞太行，南逼邙岭，黄河干流最后一个峡谷出口。出此峪口，黄河便摆脱了一切天然的束缚，驰骋黄淮海大平原，奔流入海，黄河上最大的水利枢纽工程就雄踞在这个峪口之上。

小浪底水利枢纽工程被国际水利学界视为世界水利工程史上最具挑战性的项目之一，其技术复杂，施工难度大，现场管理关系复杂，移民安置困难多；作为世界银行在中国投资的最大的水利工程，小浪底同时要接受世界银行的监督。11年间，工程共完成土石方挖填9478万立方米，混凝土浇筑348万立方米，安置移民20万人，取得的成绩被誉为世界银行同发展中国家合作的典范。黄河小浪底水利枢纽工程历经11年建设和9年运行考验，如今已通过了国家的竣工验收。

“黄河宁，天下平”。小浪底水利枢纽工程的成功建设，是党中央、国务院的英明决策，是母亲河治理与利用的千秋大业，是我国水利事业的丰碑，是国家强盛的标志，是改革开放伟大成就的缩影。

9年前，我第一次来到这里就被它宏伟的雄姿深深地吸引住了，那时小浪底水利枢纽工程刚刚开始投入运用。勤奋的小浪底人面临着从施工建设到运行管理的全面转变，这是小浪底水利枢纽建设者今后道路上的一个重要转折点；2002年黄河首次调水调沙的成功是小浪底人给世人的一个圆满答案。到现在为止，小浪底水利枢纽经历了9次调水调沙。小浪底水利枢纽工程投入运用以来，采取拦粗排细，调水调沙运用方式。作为黄河水沙调控体系的龙头，截至2008年底，工程共拦截泥沙24亿立方米，约6亿吨泥沙被冲入大海。在发电方面，小浪底水力发电站是河南电网的骨干调峰、调频和事故备用电源，自2000年第一台机组并网发电以来，截至2008年底累计发电370亿千瓦时，不但改变了电网供电质量，而且提供了稳定的清洁能源。自投入运行以来小浪底水利枢纽累计向下游供水2000多亿立方米，确保了黄河下游连续9年不断流，为保障黄河下游供水安全作出了贡献。

看着小浪底人已取得的成就，我作为其中一员，发自内心地骄傲。当然，我们并不满足于现有的成就，而是要继续努力，继续创新，为真正做到人、水、沙的和谐相处，进而向维持河流健康生命的终极目标迈进。

# 自　豪

宋健壮

九曲黄河万里长，
浪底大坝跨中央；
世纪工程今竣工，
黄河安澜人欢畅！

儿时的我对小浪底是陌生的，只知道就在离我家不远的山里，时常可以看到门前经过的工程车辆奔赴那里，想象中那是一个庞大而宏伟的工程，就像语文课本里学到的刘家峡水电站。大学时代学的是水利水电专业，对小浪底水利枢纽工程这个黄河上最大的水利枢纽工程有了一定的了解，同学们都向往着将来能到这样的大工程中去一展伸手。毕业时，我有幸来到了这里，来到了黄河小浪底的怀抱。

我自豪，我是小浪底人！每当有亲朋好友问起我：你们小浪底什么样啊？我都会自豪地向他们描述，我眼中的小浪底水利枢纽：是巍峨的大坝，是一望无际的水库，是现代化的大型水电站，是中国最具吸引力的地方，是团结一心、奋发拼搏、锐意进取的团队。她更是守卫黄河母亲和下游千百万人民群众生命财产安全的忠诚卫士！

这就是我来到小浪底工作后，对她最真切的感受。小浪底是一个充满魅力的地方，其魅力源于这里的山水风光，源于黄河的厚重历史，源于宏伟的人类工程杰作，更源于这里人水和谐共处的环境。一起走吧，跟我去感受她的魅力所在。

## 自然风光与人文建筑完美结合……

来到小浪底，你不仅可以纵情于古老而秀美的山水，更会为世界著名水利工程所震撼。来到这里，你还可以畅游北国独有的山水风光，感受移山填海的宏伟气概，领略富丽堂皇的地下宫殿。

古老的黄河，千百年来在此川流不息、黄沙滚滚，而有了小浪底之后，汹涌的黄河水变得温柔了许多、清澈了许多，而能让如此奔腾的大河放慢脚步的正是那巍巍的拦河大坝。大坝的气势在于它的高大和伟岸，大坝外表堆砌的红色岩石更让它显得格外华丽。坝前，高峡平湖，浩瀚无际。左岸山体下有世界最大的地下水电站厂房，来到这里，更像是置身于豪华的地下宫殿，宽敞、明亮、整洁、豪华。

更加壮观的场面是在每年的6月份，黄河调水调沙之时。泄洪闸门开启，洞群飞瀑，巨大的水柱沿着流道冲向空中，喷出上百米远后落入世界最大的消力塘，激起巨大的浪花在空中变成水雾。此番景象如巨龙腾空，令人震憾。

## 意气风发，朝气蓬勃的团队……

来到小浪底水利枢纽，你会发现这里的职工不论年龄大小，

人人都是精神抖擞、意气风发。无论是在运行调度值班的现场、发电维护的检修机组旁，还是在高大的水工建筑群里，到处都可以看见他们朝气蓬勃不知疲倦的身影。运动赛场上，他们整齐划一，跳动着、呐喊着、欢笑着，以“友谊第一，比赛第二”的心态去竞技。拓展训练中，大家相互的鼓励和帮助诠释了小浪底人的团结和力量。我们小浪底有自己的企业文化。励精图治、追求卓越是小浪底人的精神；锐意进取、严谨求实、雷厉风行、迅捷高效是小浪底人的作风；安全、诚信、人本、创新是小浪底人的追求。

## 树全国文明单位标兵，认真实践“三个一”……

小浪底建管局是全国文明单位，在这里，你看到的处处是文明和谐的景象。干净整洁的工区青草遍地、绿树成行；明亮整洁的办公室里，职工们认真工作，举止文明；生活区里到处充满欢声笑语，一副和谐乐章；温馨的职工食堂里，没有喧哗和打闹，只有谦让和微笑，职工们脸上挂满了工作的充实和生活的满足。

这里提倡“一个职工一个形象，一个党员一个榜样，一个党员领导干部一面旗帜”，这是小浪底的独创。“三个一”既全面又具体，对小浪底建管局每个层次的干部职工都有要求，人人都有标准，人人都有前进的方向。我们要通过学习和实践，能够更好地去维护小浪底的形象，文明生活，文明工作。

## 管好民生工程，坚持社会效益优先……

来到小浪底，你听到最多的就是小浪底水利枢纽所发挥的巨大社会效益。小浪底人以“管好民生工程，坚持社会效益优先”为首要任务。小浪底水利枢纽作为黄河治理开发的关键性控制工程，战略地位重要，控制着黄河92.3%的流域面积、90%的水量和近100%的泥沙，工程发挥着防洪、防凌、减淤、供水、灌溉、发电等多项综合效益。小浪底水利枢纽工程的管理运行，为确保黄河下游安澜、维持黄河健康生命、促进经济社会可持续发展作出了重要贡献。

在管好民生工程方面，小浪底人积极践行可持续发展治水思路，牢固树立民生工程理念，严密夯实安全管理根基，持续优化科学调度，最大限度地发挥了枢纽的综合效益，成为大型水利枢纽管理的典范、承担社会责任的典范。

## 锐意进取，谋求多元发展……

小浪底水利枢纽工程通过了国家竣工验收，小浪底人却并没有停滞不前，我们在积极探索发展的新路子。小浪底人以实现最佳效益为目标，以加强精细化管理为保障，以改革创新为动力，保持和加强水利项目建设管理与发电运行两大核心业务，强力推进咨询监理、工程施工、机电安装维护、旅游开发、房地产开发业务，积极探索新能源开发业务，不断增强企业发展的核心竞争力、可持续发展能力和综合实力。

以上便是我来到小浪底建管局工作5年来的见闻和体会。我虽没能看到建设时期热火朝天的施工场面，但通过过往的老照片和前辈们的讲述，依稀可以看到他们往日的峥嵘岁月，感受到那热火朝天的干劲。创业的前辈们是伟大的、艰辛的，而现在我们所面对的是如何把建好的民生工程维护好、管理好，发挥最大的社会效益这个挑战。

我自豪，我是小浪底人！

# 现实与梦想

张宏磊

人生有的时候是很有趣的，因为你不知道什么时候、什么地点会和什么样的人产生怎样的关联，一切似乎都无法预料，随着时间、地点、人物的不同便会诞生不同版本的故事。我与小浪底的故事不知从何说起，只知道初识小浪底是在中学时代，时事政治里面对小浪底水利枢纽有所介绍，当时给人的感觉，小浪底水利枢纽是一个吸引各方眼球的大工程。

大学时代里，同学中有人提起小浪底水利枢纽，小浪底水利枢纽是神化了的英雄，是拦洪阻沙的勇士。于是，我对小浪底心生向往。

无论如何也不曾想到，若干年后，小浪底，竟成为了我心中的永恒。大学毕业了，有幸成为小浪底建管局的一员，在与同学聚会交流工作体验时，兴奋与骄傲之情溢于言表，大家纷纷对我投来了羡慕的眼神。

时光荏苒，从入局报到那一天，不知不觉在小浪底建管局工作已经3年多了。对小浪底水利枢纽愈加了解，就愈加感觉它是如此多娇：充满青春活力却不事张扬，生机勃勃却又沉稳豪迈。来到小浪底，相信您一定会屏住呼吸，静静地欣赏天地与人文共创的辉煌，其内涵与神韵，也将因你角色与视角的不同而展现出多元的魅力。如果您是一位诗人，您一定会情不自禁地赋诗一首，由衷赞叹她的湖光山色，大坝厂房；如果您是一位画家，您一定会难抑激情为她写生，享受为她作画的美妙体验，画中肯定少不了在喷涌的巨浪中间那道美丽的七色彩虹；如果您是一位政治家，您一定会对小浪底水利枢纽防洪、防凌、减淤、供水、灌溉、发电的综合功用大加赞赏，为小浪底人无私奉献、呕心沥血的情怀所感动……如果您是一位哲学家，如果您是一位思想家……或者您只不过是一位普通的工人、农民等等，用任何身份、各种目光打量小浪底，总是能够让您流连忘返、不虚此行，总是能够让您抚摸到母亲河流的脉搏，感受到祖国水利水电事业创新变革所带来的崭新气象。人本、创新、和谐、绿色的小浪底正以其无穷的魅力吸引着越来越多来自世界各地的人们参观、游览、考察、学习。我眼中的小浪底完美和谐、朴实无华。小浪底水利枢纽对中华民族根除黄河水害所作的贡献注定她必将载入史册、彪炳千秋；她的历史地位与现实地位，注定小浪底人要以维持黄河健康生命、谋求企业持续发展为企业使命，以励精图治、追求卓越为企业精神，以锐意进取、严谨求实、雷厉风行、迅捷高效为企业作风。

从驻村帮扶工作的持续开展到对地震灾区捐款捐物，从为奥运健儿加油助威到不惜弃水加大流量抗旱保麦，从深入贯彻落实科学发展观到创造性地开展“三个一”主题实践活动，小浪底人总是满怀激情投入到爱党、爱国家、爱人民的队伍中来，始终坚持企业发展与国家发展、民族命运紧密协调，将企业发展融入到国家发展、民族进步的洪潮中去，不断提升职工的政

治理论素质，陶冶职工的爱国情怀，激发职工的工作热情，从而使广大干部职工能够站得更高、看得更远，始终能够心系大局、无私奉献。

我眼中的小浪底水利枢纽，是黄河上一颗璀璨的明珠，是中华民族根治黄河水害、造福子孙万代的利器，是水利人汗水与智慧的结晶，是一个不老的传说。我祝福你，我眷顾你，愿你一如既往地延续你的博大、你的坚毅，用你最最灵动的舞姿跳动出母亲河的灵魂，用你最最宽广的胸怀来接纳来自五湖四海的宾朋，让大家共同领略激情与梦想的碰撞，体会现实与梦境的交织吧！

# 水之缘

吕元龙

人的习性、好恶总带有深深的地域特色，因为那是流淌着的对故土的情与意，那特色是本，是根。在我的生命中，早已深深地印上了小浪底的痕迹，这源于对母亲河的热爱，源于与江河的不解情缘。我生长在宁夏银川，那里被赋予“塞上江南”的美誉；求学时，我来到了江城武汉，面对滚滚长江东逝水，我用青春的激情感悟着水的智慧。水是我生命中的重要组成。毕业后，命运的安排让我选择了小浪底，让我又回到了母亲河的怀抱。

初识小浪底的时间我已经无法确定，那次只是间接的印象。我记得那是在《读者》杂志上看到的一篇关于介绍小浪底水利枢纽工程的文章，文章给我最深的印象是外国承包商以一颗小小的钉子而进行的巨额索赔，索赔的据理使我震惊。也就是在那时，小浪底这个名字第一次出现在我的视线中，我想象中小浪底应该是个热火朝天的水利工地。

大学毕业后，带着模糊初识的记忆，我递交了我的简历。

交谈中，我对小浪底有了第一次的全面认识，我的心逐渐被小浪底所吸引，我庄重地在协议书上签上了自己的名字。从此，我成了小浪底人！

走进小浪底，给我的直接印象，这里少了城市的喧哗，更多的是一种山区的宁静。山上处处是淡淡的绿色，黄河水清而静地流向东方，巍峨的大坝屹立在峡谷之间。驻足于宏伟的进水塔之上，极目远眺，高峡平湖透露着北方少有的秀美。没有了施工机械马达的轰鸣声，没有了车来车往的繁忙景象，此时的小浪底已不再是我当初从杂志上看到的那个小浪底。站在这片土地上，我要正式开始我的小浪底人的生活。

从参加工作到今天，7年的时光已让我深深地爱上了这片土地。小浪底人的生活是简单的，常年坚守在群山峡谷之中，终日与大坝枢纽为伴，这样的生活在旁人的眼里是枯燥和单调的，可是经历过的人却能从中领悟到那种上善若水的智慧，体会那份黄河安澜、福泽人民的责任。

刚参加工作的时候，我和同事合住在一起，在夜里我常常会听到这样的声音：先是几声电话铃声，然后是他简短的声音，“好的，马上到”，接着就是急促的脚步声和“砰”的关门声。我知道他又被工作叫走了。这样的生活是每一个在电厂工作的小浪底人都经历过的。看，检修现场，他们为了试验顺利进行而连续奋战数日；看，设备面前，他们为了攻克技术难关而不断钻研……但我从未听到过他们的抱怨声，因为他们心中有着强烈的责任意识和对小浪底深深的爱。

还记得2006年7月1日的那个夜晚，突如其来的电网事故打破了山里的宁静。在常人惊诧之时，小浪底人以他特有的职业素养，自发地奔向工作岗位。没有人召唤，可他们及时地出现在最需要的地方。小浪底人用团结、敬业、奉献打赢了这场战争。事后当各界赞许纷至沓来之时，他们却回以淡淡的微笑，“这是我们应该做的!”

每年调水调沙的时候，小浪底变得沸腾了，各地的人们争相观看这人造奇观。可你知道，此时有多少小浪底人为了确保调水调沙的顺利进行仍坚守在工作岗位上？从库区断面的测量船上，到枢纽的监测仪器前，从发电机组的监视屏前，到闸门的控制柜前，都有小浪底人的身影。他们为大家而舍弃小家，一天24小时，一月30天，不间断地坚守岗位，仔细观察水情变化，精确调度枢纽闸门，确保世界上最大的原型试验——黄河调水调沙的顺利进行。

随着时间流逝，小浪底水利枢纽从建设到竣工已走过了近20年的时光，岁月的积累造就了小浪底的企业文化，“励精图治、追求卓越”的企业精神，“安全、诚信、人本、创新”的核心价值理念已贯穿于一代代小浪底人的生命中。经过10年的试运行，小浪底水利枢纽的作用日益凸显。如今的小浪底水利枢纽已变成了黄河上一颗璀璨的明珠，在治理黄河的道路上闪闪发光。

生活在这一片土地上，我深深地感受到小浪底人的可爱。大山赋予他们坚强，大河赋予他们灵智。秉承“献身、负责、求实”的水利精神，一代又一代的小浪底人传承脉搏，励精图治、追求卓越，用自己的实际行动诠释着“小浪底人”的精神。我为自己是一名小浪底人而感到自豪和光荣。

# 小浪底，我爱上了你

杨兴凯

2001年仲夏，我第一次来到小浪底。那一次，我是随着家人来的。一路上，展现在我眼前的除了光秃秃的山岩，就是漫天飞舞的黄沙，还有那坑坑洼洼的“洋灰”路。我们一家人经过6个小时的颠簸，终于看到了巍峨的小浪底水利枢纽大坝。而小浪底给我留下的最深刻的印象，是那棵“神树”和身边匆忙往来的建设者，是“神树”上那一抹绿色和建设者们眸子里透出的热情“点缀”着枢纽的风景……

2008年10月，大学毕业的我很荣幸地加入到小浪底建管队伍中来。走进枢纽管理区，曾经的黄土坡已不见踪影，放眼望去，葱葱郁郁的山岩高耸在遥遥的天际，乳白色的浮云飘浮在它的周围；纵深的峡谷里倾泻着温柔的黄河水，夕阳西下，晚霞映红了半边天，又反射到河面，河水变成了红色，就像一朵朵红莲绽开在水中。岸边的树林里，点缀着无数的白色斑点，那是一只只白鹭在觅食、栖息；偶有汽车驰过，惊飞片片白色云翳，这不正是“一行白鹭上青天”的真实写照吗？——7年的时间，小浪底的建设者们竟让小浪底水利枢纽发生了如此大的变化！

情不自禁地，我向朋友借来相机，到枢纽管理区四处搜寻美景：层林尽染的秋色，吊桥下霞光倾注的河面，河水里倒映的朵朵晚霞……秋意虽浓，小浪底水利枢纽却郁郁葱葱，拿着相机不停拍摄美景的我手不由自主地颤抖，内心升腾着身为小浪底人的这股自豪。

月亮出来了，河上亮了，相机中的景色更加别致：整个宽阔的河面就像一面明镜，像一条缀满宝石的长绸带。灯光渐渐多了起来，在朦胧的月色里，灯光的昏黄显得格外的幽静，凉风吹过，恍然惊醒，似在梦境啊——好美，真的好美！那山已然不是那山，那水也更加地轻柔，那份热火朝天的热情却依然还在！

再次见到小浪底，她给我留下了如此美好的印象。小浪底，我爱上了你！请拥抱我这个新兵吧，我要把我的一生和你紧紧联系在一起，为你奉献青春和汗水，为你增添新的生机和魅力。

# 坝后保护区漫步

任　涛

又是一个休息日，我坐在窗前，发现自己处在钢筋混凝土的包围之中。死鱼一般的灰白一波接着一波地涌过来，令人喘不过气。一丝忧伤掠过我的心头。

天天上班不见天日，下班就呆在宿舍里，感觉自己都要发霉了。还是出去走走吧。去哪里呢？去坝后保护区吧。自从来小浪底工作，自己还没怎么去坝后保护区玩过，都说近水楼台先得月，而我却视而不见，简直有点暴殄天物。

通过半个小时的徒步，我来到了坝后保护区，清新的空气首先和我问了个好，我的精神也为之一振。看这湛蓝的天空，蓝水晶似的，蓝得透明，蓝得悠远，粗犷而开阔；看这碧绿的湖水，绿宝石一般，绿得清澈，绿得柔和，细腻而温存。我不禁弯腰掬起一捧水，心想，它会把我的手染绿的吧？但手中只有无色的空明，水从指缝间缓缓地泻入湖中，声音却像冰敲玉盘一样清脆。

前方盛开的樱花吸引了我的视线，一树闪光的盛开的樱花展现在我的眼前，花朵一朵接着一朵，彼此推着挤着，好不活泼热闹；每一簇花都是上面的盛开，下面的待放，层层叠叠，飘出一股淡淡的清香；颜色上浅下深，好像那粉红色沉淀下来了，沉淀在那最小最嫩的花苞里。旁边的红枫树却傲骨铮铮，头不低，腰不弯，用真挚的感情，挥洒生命的热血，满树枝叶像燃烧的火焰，像天边的红霞，一片火红；远方堤上栽满垂柳，柳枝轻拂水面，好像妈妈的抚摸，无限温柔……

我慢慢前行，无边的景色不断跳入我的眼帘，令我目不暇接。此时我的心中有一种超凡脱俗的感觉——这是回归大自然带来的喜悦。找片草地躺下来，放松四肢，享受青草那独特的香味，真是无比惬意。

时近黄昏，太阳继续下落。云还是那样灿烂辉煌，五彩缤纷，只是不像刚才那样刺眼罢了。它倒像个风华正茂的少女腼腆地站在眼前，不断变换着身姿……

这，就是我眼中美丽的小浪底坝后保护区。

# 小浪底的秋

常婧华

我热爱小浪底春的风和日丽，鸟语花香；我享受小浪底夏的绿树成荫，丝丝清凉；我欣赏小浪底冬的银装素裹，山水苍茫；但这一切都抵不上我对小浪底秋的沉醉。每当夏日的繁华褪尽，天空逐渐高远清淡，树叶随风簌簌作响，一片片叶子由绿变黄时，小浪底的秋渐渐走近了我们。

秋意浓，浓的美不胜收。坝上的秋，美的深沉，苍茫而又大气。既浮现出范仲淹笔下“碧云天，黄叶地，秋色连波，波上寒烟翠”的天高地迥，也蕴藏着王维诗中“落霞与孤鹜齐飞，秋水共长天一色”的诗情画意；坝里的秋，美的柔软而温情，处处彰显着异国风情。红叶铺地，秋草为伴，瞬时窜出来的松鼠报送着秋的讯息；蓝喜鹊拖着她那胖嘟嘟的身体，呼朋唤友的，为过冬而囤积着脂肪；孩童蹲在地上捡起一片片红叶，感受着秋日独有的乐趣。办公区的秋，美的纯净、清丽脱俗，近看树树皆秋色，远望山山唯落晖，秋风袭来，道路旁满树梧桐叶沙沙作响。以前上学的日子，秋都是一晃而过的，来到小浪底后才如此真真切切地感受到这样的秋意，窗前的树叶一天天的渐变，从绿到黄到红，心中夏日的躁动也逐渐平息。人本就是大自然的产物，只有深刻地融入大自然中才能获得心灵的踏实与宁静，如同回归母体，获取养料。与山水相伴的生活铸就了小浪底人的淡泊明净，不断地从自然中汲取最真实的养料，丰富完善自己的品德。

秋意浓，浓中尽显刚强。秋风秋雨无数次的吹打也未曾动摇树枝上一片片黄叶；宿舍楼旁的那一棵棵柳树，执着得近乎固执地站在那里，带着满枝的苍绿，坚强地在风中挺立。环境砺练出小浪底人执着、刚强、坚韧的品质。年长的同事经常会提起枢纽建设时期那些故事，提起窑洞中挑灯奋战的艰苦创业，提起“三年工期两年完成，一口气拿下前期工程”的顽强拼搏，提起为保“九七”顺利截流而掀起的赶工之战，建设时期孕育出的“坚韧不拔、自强不息”的品质延传至今。如今的小浪底水利枢纽工程验收已顺利通过，正在向多元化发展积极迈进；如今的小浪底人，在继承老一代人优良传统的同时，正在以“三个一”为标准，外树形象，内练素质。瑟瑟秋风下，篮球场、足球场依旧几乎每天晚上都灯火辉煌，一束束光柱中闪耀着朝气蓬勃的身姿；楼道中日日都有人放声歌唱，自娱自乐之中飞扬着青春的旋律；朝阳和落霞的光芒中浮现着一个个快走、慢跑的身影，一步步踏出生命积极向上的步伐；运动会上年轻的身影谱写着青春拼搏的旋律，鹤发童颜书写着“老当益壮、宁移白首之心”。小浪底的生活在简单纯净中渗透着丰富多彩。虽然地处偏僻，但小浪底人的心却没有因环境而封闭，依旧紧紧地跟随着时代的脚步，为梦想而奋斗，为生命注入新鲜的活力，每个人都在努力谱写着生命的篇章。

秋意浓，瑟瑟秋风中温暖依旧。记得初到小浪底的那年也

是在一个秋天，陌生的环境，陌生的群体，陌生带来新鲜感的同时也捎带着挥之不去的孤独和惆怅。远离家乡，阔别城市，初到电厂时一无所知的困惑，寻找自身价值过程中的迷茫，这一切让人不禁暗自神伤。但随着树叶的一天天枯黄，心却反而一天天地坚实、淡定，充满希望。同事之间朝夕相处的和谐和友爱让我不知不觉中摒弃了孤独感，豁然开朗；领导对我循循善诱的引导和同事们无微不至的关怀增添了我对工作的信心，加剧了内心的温暖。两年的时间，从对专业知识的一无所知到略有所懂再到工作上的有所担当，我从一名大学毕业生正逐渐成长为一名小浪底人。我感到身上的责任一天比一天重，一种强大的使命感由然而生——要恪尽职守，守护好母亲河的枢纽。

恍惚间我已走过了小浪底三个秋。第一个秋画上了我由学生变为一个社会人的转折点，留下了我在小浪底生活和工作的奠基石。第二个秋教会了我怀揣理想，自强不息，赐予了我坚强和淡定的品格。第三个秋要求我树立好小浪底人的形象，不断提升自身素质，满足建管局多元发展的需求。

等等，等等，等待着小浪底的下一个秋……

# 旋　律

郑　炜

这里，绿树环绕，碧水蓝天，从我第一次来到这里，我就深深地爱上了这里。

这里，便是小浪底。2005年大学毕业，我来到这里。这里，环境朴实安静，远离城市的喧嚣。这里，工作人员求真务实，兢兢业业。这里黄河奔流不断，有时，惊涛拍岸，有时，静水深流。这里大坝巍峨，大河磅礴，原野静谧，厂房激昂……

每天，黄河欢快地流过，水轮机兴奋地唱着歌，能量通过输电线路送进电网，送到全省，送至全国。水轮机在转，小浪底人也在转。24小时，每日每夜，每年每月，年复一年，一茬又一茬的小浪底人把青春奉献在了这里，把激情燃烧到了这里，因而有了小浪底的生生不息，有了小浪底建管局的蓬勃发展，有了黄河的变害为利、服务中华。小浪底人低调务实，没有因为黄河危害的消除而沾沾自喜，没有因为社会效益经济效益双丰收而停滞不前，他们的目标只有一个：黄河安澜。

在小浪底水利枢纽管理区，无论何时何处，都有忙碌的身

影，虽然这里是国家AAAA级景区，小浪底人却没有欣赏风景的心情；这里只有辛勤劳作，努力工作。每日每夜地采集数据，维护设备，根据指令运行。

这里的小浪底人生活单调，整日与设备为伍，他们眼中，只有机组的安全运行，这已经成为他们生活中的一部分。节假日，不管外面怎样的热闹，空气里节日的气息如何浓郁，在小浪底，依然只有平静的工作。低调、奉献是这里的主旋律。

我是一个小浪底人，我眼中的小浪底，高大却又平凡，敬畏却又亲切。当我习惯了这里的生活后，我觉得我已经成为小浪底的一块石头，筑起这雄伟的大坝；我已经成为机组上的一根螺栓，跟随机组一起转动。我眼中的小浪底，一花一木，一草一石都是那么的亲切。我爱这里，小浪底。

# 感谢小浪底

刘　哲

2008年10月，我加入了小浪底建管局这个大家庭，被分到水力发电厂，在这里开始了作为普通员工的新生活。这一年多来，我在这里学习着、成长着，得到了许多宝贵的经验。

## 一、 通力合作，合理分配资源

每个人都有自己的长处，一项工作，仅仅靠一两个人难以做好，但有一个团队通力合作，效果就不一样。俗话说得好，“三个臭皮匠，顶一个诸葛亮”。通过一年工作的实践和观察，我发现值长常常会派精于操作的同事去当操作票的操作人，而派精于原理的同事去写操作票。每次都是写票人迅速而且精确地写出操作票，操作人到现场后麻利地就把工作干完了。如果没有这么合理的安排，就可能导致工作效率降低。

由此，我深切体会到：面对困难我们必须冷静、理智地分析，全面、联系地看待问题，做出正确的规划，同时注意人力

资源优势互补，这样我们才能少走弯路，充分发挥个人特长，高效地解决问题。

## 二、目标统一、相互信任

态度决定一切。在实际工作中，如果我们能紧紧握住队友的手、相互扶持，我们就能成为一个团结的、具有强大竞争力的团队。

为什么在训练中大家都能如此的团结？因为我们有着相同的目标。虽然在工作中，大家叽叽喳喳、七嘴八舌，被认为影响团队的效率，其实这也正是大家强烈的责任心、团结一致求取胜利的表现，也是大家群策群力的表现。如果每个人都一言不发，反倒说明这个团队完全没有发掘出自身的潜力。全身心地投入当然会大声说出自己的想法，只有充分发挥每个人的智慧才能挖掘出团队最大的活力与竞争力。

## 三、认识自己、突破创新、迎难而上

每个人对于自己的能力都会有一定的认识，比如说“这个我能做到”、“这个我做不到”，但这个认识并不一定正确。

我就是一个例子。工作的第一天，值长让我独自去地下厂房开主变的卷闸门，这是我从来就没有想到过的事情，也从来没有做过。本来仅仅是拿钥匙打开控制开关的锁，然后按开启就可以了，但是钥匙由于使用时间较长，竟被我拧断在里边了。看着需要开门工作的工人，我头皮发麻，手足无措，首先想到的是联系值长。值长让我打开控制开关的保险柜短接接口开门。这个工作我虽然知道原理也听别人说过，但是从没亲手做过。

在值长的电话指挥下，我抱着试一试的心态打开了控制开关的保险柜，短接了两个接头，打开了卷闸门，至此我终于长长出了一口气。

有的时候，有些事情可能并不像想象得那样困难，只要敢于面对，也许你的能力会让自己都大吃一惊。这一年的工作生活中，我做的不够好，但是我很努力。我要让大家看到、让我自己看到，我会做的更好！

## 四、一个成功的团队没有失败的个人，一个失败的团队没有成功的个人

所谓团队精神，是指团队成员为了团队的利益与目标而相互协作的作风。团队精神的核心是奉献，奉献成为激发团队成员的工作动力，为工作注入能量。团队精神的精髓是承诺，团队成员共同承担集体责任。没有承诺，团队如同一盘散沙。做出承诺，团队就会齐心协力，成为一个强有力的集体。这一年来，在学会团队精神、信任和沟通的同时，我还收获了许多东西：学会挑战自己；学会正视自己的缺点，了解自己的长处和短处；学会鼓励他人；学会欣赏他人。

感谢小浪底，感谢小浪底给了我这个展现自我、提高自我的平台，同时也要感谢在这一年中支持鼓励我的各位领导、同事，愿我们向着更高更远的目标共同努力。

# 源　泉

王鹏飞

黄河宁，天下平。治理黄河、除害兴利，一直是中华民族的千古夙愿。如今，伴随着小浪底水利枢纽工程的巍然耸立，黄河安澜的梦想正变成现实。

记得在少年时期，偶尔听父辈们谈起小浪底水利枢纽工程，当时懵懂的我心中为小浪底水利枢纽披上了一层宏大而又神秘的色彩。2002年刚刚跨出大学校园，我怀着期待踏上了这片激情澎湃的热土，看到巍峨高耸的大坝，清澈流淌的母亲河，不禁为建设者们造就的这举世瞩目的工程所感叹。

进入工作岗位后，听闻同事讲述工程建设期那一段段充满激情的岁月，国际招投标、工程建设监理先进管理模式、中外联营体OFFT等，仿佛走进了那个机器轰鸣、热火朝天的工地。在地下四通八达的交通洞里，看着一幅幅记录施工的照片，可以想象当时条件的艰苦、地质条件的复杂。这里是中外工程技术人员和建设者日以继夜奋战过的地方，正是他们敢于胜利不怕牺牲的精神克服了一个又一个的困难，创造出一个一个璀璨的业绩。

如今新一代的青年工作者们，继承了前人们留下的不怕艰苦、勇于拼搏的精神，在各自的工作岗位上锐意进取，各放异彩。2005年底，根据小浪底水利枢纽防汛调峰需要，1号机组大修工作一再延期，为了按时完成检修任务，维护检修人员连续加班。机组调速器VCA卡是电厂调速器系统中一个非常关键的部件，其精确程度直接决定着水轮机活动导叶的动作精度，而对它的调试是检修工作的难关之一。为了做好调试工作，他们一次次地调整参数，一遍遍地进行试验。这是一个漫长而且枯燥的过程，吃饭在现场，轮流休息。经过一个多星期的辛勤努力，VCA卡调试终于成功。

小浪底建管局水力发电厂是调峰电厂，在河南电网调频、调峰中起着举足轻重的作用，机组的试验工作、设备调试工作、缺陷处理工作大部分都在深夜机组停机后才能进行。岗位的特殊性决定了工作方式的特殊性。经常在一天紧张工作后，后夜机组出现非正常报警信号，接到电话通知后10分钟赶到现场，待问题处理完毕走出厂房时天色已经泛白。

在困难和挫折面前，从来没有退缩过；在成绩和荣誉面前，从来没有炫耀过。这就是新一代小浪底人。他们燃烧着青春，无私地奉献，铸造着小浪底精神。

多股黄白的浪头自出水口奔涌而出，形成巨大的“洪峰”，巨龙般怒吼着飞流而下，以“黄河之水天上来，奔流到海不复还”的磅礴之势，直奔黄河下游河床，这是小浪底水利枢纽在进行调水调沙运用时的情景。调水调沙就是利用水库的调节库容，人为制造“洪水”，冲刷河道，输沙入海，改变黄河不平衡的水沙关系，从而减少下游河道淤积甚至达到冲淤平衡，改善下游的生态环境。小浪底水利枢纽的建成投运，使得母亲河下

游断流成为历史，使治理黄河不再是个梦想，小浪底水利枢纽正日益发挥着巨大的社会效益。小浪底水利枢纽是母亲河上一颗璀璨夺目的明珠，作为一个小浪底人，我感到自豪。

工作、生活在这个有着光荣传统和辉煌业绩的集体里，我常常被所见、所闻和所经历的一切感动着，这成为我不断进取的动力和努力奋斗的力量源泉。

# 小浪底——家

郭　卿

从巴颜喀拉山北麓、约古宗列盆地涓涓流出的黄河，像一个温柔而率真的少女。因为厚重而广袤的黄土高原，她原本轻盈的脚步变得沉重、蹒跚，原本温顺的性格变得暴躁、乖戾。然而，就在她狂躁无助的时候，她看到了一盏灯——小浪底水利枢纽，慢慢恢复了平静。

小浪底水利枢纽，新中国治黄人共同构筑的家。望着那浑然一体的巍巍大坝，不能不令人心中豪气顿生；大坝上的一颗颗基石，无一不在诉说着前辈们挥洒的心血和汗水。这座凝聚了中外水利精英血汗的宏伟建筑，用它雄壮的身姿向世人展示着新中国治黄人的骄傲。

小浪底水利枢纽，小浪底人共同守护的家。每当夜幕降临，小浪底工区的各个办公楼灯光明亮，从工地归来的员工，安静地坐下来，把一天的工作记录完成；综合电子办公系统里，有多少待办文件在这灯光下进入下一个流程，有多少技术方案和施工项目在这亲切的灯光下逐渐形成。

在深冬时节，晚饭过后，每当路过枢纽区办公楼，总能被那儿的灯光吸引，看到那些为了小浪底美好的未来而努力奋斗的职工们，总能让人为之感动，让人忘记了冬日的严寒；在炎热的夏日，在人们都入睡的时候，有多少灯光还在伴着加班的职工和员工们；当我们在游泳池中畅游的时候，有多少建设者们在挥汗如雨……这就是平凡而伟大的小浪底人，在每一个岗位上坚守着，默默地奉献着。

小浪底水利枢纽，我温暖的家。身为一名小浪底人，我为它感到骄傲，为了小浪底水利枢纽美好的明天，我时刻提醒着自己，要不断地学习，不断地拓展自己提升自己，积极认真工作，为小浪底贡献自己更大的力量。

# 感动与记忆

李宪栋

每当有人问我是哪里人时，我都会很自豪地回答我是小浪底人。这不仅仅因为小浪底是我工作的地方，还因为这里给我留下了太多感动和深刻记忆！

记得在1997年7月，我刚刚跨出学校的大门，就踏进了这片热血沸腾的土地。顺着蜿蜒曲折的土石路，我来到了有着“小联合国”之称的小浪底工地。看着一座座山体一处处洞穴，绕过一道道弯一台台高高耸立的塔吊，听着各种施工机械不同音调的轰鸣声，整个身心不由得兴奋起来。这里是率先采用业主负责、国际招投标、工程建设监理先进管理模式的地方，这里是中外工程技术人员和建设者抛洒汗水和捍卫荣誉的地方！这里是几代治黄人实现梦想的地方，这里是吸引全国乃至全世界瞩目的地方！我为自己能成为其中的一分子而激动，我为自己能为这个伟大的工程奉献一份力量而骄傲。

当我接受完初步的岗前培训再次回到工地时，已经是机电设备安装的高峰期。时不我待，我们作为刚刚成立的电厂第一批技术人员立即投入设备的熟悉当中，跟踪了整个机电设备安

装的全过程，并在4位有经验的技术带头人的带领下，完成了首台机组的接机发电工作。2000年初，新世纪到来之际，电厂人也以崭新的面貌开始了新的征程。发电初期的工作环境是艰苦的，不仅有施工中的噪音灰尘，还有设备初期运行的不稳定性，而按照“人员高效精干配置”新模式运营的电厂又面临着人手的紧张，这就把大家推向了一次次锻炼和考验的风口浪尖。2001年年底机组全部安装完毕并移交电厂。短短3年时间，电厂就在超额完成发电任务的同时，于2003年完成了安全文明生产达标创一流工作。我们以实际行动表明，年轻的一代正在逐步承担起建设小浪底美好明天的重任！

当黄白两条巨龙从小浪底出水口喷涌而出、人造洪峰再次流向东方时，此时的治黄人已经淡定从容了许多。这是小浪底水利枢纽在进行调水调沙运用。小浪底水利枢纽的建成投运，使得母亲河下游断流成为历史，并正在逐步降低下游的地上悬河威胁。集防洪、防凌、减淤、灌溉、供水和发电六大功能于一体的小浪底水利枢纽，在发挥巨大社会效益的同时，还创造了可观的经济效益。全部投产的小浪底电厂，装机1800兆瓦，发电量屡创新高，很快就达到并超过了设计的多年平均发电量51亿千瓦时，达到了60亿千瓦时！能快速启停和调节负荷的水电机组，已经成为河南电网不可多得的调峰调频电站！难怪有人说，有了小浪底水力发电厂，河南电网就像配备了大功率空调一样！

然而，小浪底人并不满足于取得的成绩，新一代领头人正锐意改革，积极进取，努力谱写新的篇章。竣工验收顺利通过后，小浪底人把“维持黄河健康生命，谋求多元发展”作为下一步的奋斗方向，在充分做好主业的同时，努力开拓水利水电咨询和工程市场，并积极发展旅游业和房地产业。小浪底建管正在迎着新的曙光茁壮成长！

# 小浪底精神

刘春奇

小的时候就常听到黄河的故事，关于它，我所知道的是：黄河是中华民族的摇篮，是中华文明史的主要发祥地，因而那时对母亲河的印象是美好的、是向往的。但是现在，关于黄河我们听到的更多的是她日深一日的泥沙与日甚一日的干涸。河床不断抬升，乃至黄河河底的沙土竟然开始在城市的上空飘浮。

也许是命运的安排，我来到了小浪底，来到了这个家喻户晓的巨大的水利枢纽。如今我已经在这里工作了快5年。5年时间和黄河的历史比起来是那样的短暂，甚至和小浪底水利枢纽的建设史比起来也是那样的短暂。但是，就是在这5年中我看到了小浪底水利枢纽给黄河带来的巨大变化，使黄河下游防洪标准提高到千年一遇；开展了9次调水调沙，冲刷下游河道淤积泥沙约5.4亿吨；累计向下游供水1873亿立方米，实现黄河下游连续9年不断流；累计发电超过370亿千瓦时……这些成绩的创造者正是执着、坚毅的小浪底人！

小浪底人之所以能创造出如此成绩，是因为他们身上有着

一种精神，一种建设管理小浪底水利枢纽的过程中创造出来的精神，包含以黄河人为代表的坚毅、朴实的品格，开创奋进的精神，以及承担大义、舍身为公的自我牺牲精神。

小浪底水利枢纽工程的建成，为人民治黄事业树起了一座新的历史丰碑，在当时创造了中国乃至世界水利枢纽史上的奇观。

她攻克了一系列世界级的筑坝技术难题，圆满地按照设计工期完成建设任务；她成功完成了涉及千家万户的移民工作，使20万为小浪底工程作出巨大贡献的移民能够搬得出、稳得住，并正在走向致富的康庄大道；她以出色的管理手段和水平，科学地控制了工程质量和概算，为国家节省了大量投资，确保了一流工程建设质量；她为当代重大水利水电工程建设积累了现代建设管理经验和国际合作经验，成为世界认识中国水利水电事业改革与发展的重要窗口；她作为维系黄河健康生命的流域骨干控制性工程，成功发挥了巨大的经济、社会、生态等综合效益，为确保黄河下游安澜、促进经济社会可持续发展奠定了坚实基础。

如今，小浪底水利枢纽工程通过了国家竣工验收，标志着工程进入正常运行管理、全面发挥效益的新阶段。这不仅是人民治黄史上的一件大事，也是我国水利建设史上的一件大事，标志着几代水利人的小浪底之梦终于实现。

我们所培育的小浪底精神，是十分宝贵的精神财富，必将成为推进小浪底一往无前的强大动力。成就凝聚着汗水，奋斗伴随着艰辛。在今后的工作中，我们必须大力弘扬小浪底精神，进一步强化安全生产，把全厂广大干部职工的智慧和力量凝聚起来、发挥出来，创造出更加辉煌的成绩。

# 仰望幸福

吴广庆

还记得2008年入职前的军训在秋雨中结束时，秋日微凉的雨水打湿了头发、衣裳，也洗去了学生时代的些许稚嫩与轻狂。雨中会操，我们的脚步迈得更加坚实，臂膀摆得分外有力，口号喊得格外响亮，我们明白，从此，我们便是小浪底人。

还记得我们怀着喜悦的心情到局报到时，聆听工会主席崔学文讲述关于黄河关于小浪底的故事，故事从肆虐的洪水开始……

黄河之水天上来，滚滚奔流到沧海。千百年来，她像母亲一样用甘甜的乳汁哺育着华夏儿女，但却脾气多变，时而平静，时而狂飙，时而安详，时而咆哮……区区的凡人怎么能琢磨透她的脾气？陡然间就能决溢，轻易间就要改道，洪水挟着黄沙向弱小的人群扑来，所到之处，人或为鱼鳖。仅1933年8月的黄河中游大堤决口，就淹没了河北、山东、河南3个省共30多个县，364万人受灾，1.8万人伤亡。凡水淹之处，茫茫无际，人畜漂没，一片惨象。此刻，生命在洪水面前是那么的脆弱，人们在黄河面前又是那么的无能无力。

50年前，一代伟人毛泽东视察黄河后发出了“要把黄河的事情办好”的号召。从此，新中国成千上万的治黄专家开始上下求索，他们披星戴月，风餐露宿，在黄河两岸留下了数不清的脚印。如今，看着滚滚东逝的黄河水，仿佛还能看到落日余晖里他们仍在河畔测绘的身影。为了黄河安澜平静，为了祖国的海晏河清，多少人呕心沥血探索后，最终坚定地选择了小浪底。他们要在这里锁住这条黄龙的喉咙，让她从此以后不再肆虐无常，让她泽慧万民，让她濡养苍生！



1991年4月9日，经全国人民代表大会七届四次会议批准，小浪底水利枢纽工程正式列入国家“八五”重点开工项目。之后小浪底建管局正式成立。这是人民的选择，这是历史的选择，那些曾经为之奋斗半生的前辈可以欣悦地笑了。

斩去荆棘在荒山间开路，凿碎巨石在单薄的山体下挖洞，截断滚滚的水流在黄河上筑坝，再加上特殊的水沙条件和复杂的地质条件，这一切谈何容易？面对艰难的工程，面对紧张的工期，面对未知的险情，甚至面对外国承包商的刁难，小浪底的建设者们没有气馁，没有萎靡，他们豪情万丈地喊出了气壮山河的宣言——在外国人面前，我们是中国人；在中国人面前，我们是小浪底人！这就是小浪底人，这就是不怕困难、敢于拼搏，不甘平庸、追求卓越的小浪底人！小浪底人的豪言壮语响彻整个工地，在群山间回响……

经历了10多个春秋，4000多个日日夜夜，巍峨的小浪底大坝终于伫立在了世人面前。11年，那些朝气蓬勃的小浪底枢纽工程建设者在此一干就是11年，还有一些人伴着黄河永远地沉睡在山底……

2009年4月7日，历经9年运行考验，小浪底水利枢纽工程正式竣工验收。9年的运行，小浪底水利枢纽充分发挥了防洪、防凌、减淤、供水、灌溉和发电的综合成效，产生了巨大的社会效益、生态效益和经济效益。防大汛抗大旱、实现黄河10年不断流、改善黄河流域中下游生产生活用水等等公益性效益已经远远不能用简单的数字和货币来衡量。实践证明，小浪底水利枢纽工程是不折不扣的民生工程。

小浪底爱国主义教育展厅里有座丰碑墙，墙上挂满了一张张奖状，其中的分量恐怕只有那些曾经为之奋斗过的人们才最清楚。苦难和幸福往往是成正比的，经历的困难越多幸福感便越强。为了小浪底的建设管理而奉献青春的人们是幸福的，因为他们人生中最美好的时光与这座伟大的民生工程共同度过，是他们在人民治黄史上添上了浓重的一笔，也是他们翻开了人民治黄史新的一页，他们也必将和小浪底一起化为一个整体，铭刻在人民治黄的史册里！

作为年轻的小浪底人，我对那些曾经为了小浪底水利枢纽工程建设付出辛勤汗水和智慧的前辈们表示深深的敬意。我钦佩小浪底人宁被巨石压折脊梁也不屈服、化为忠魂也要驻守小浪底的坚强意志和精神。而我们这些年轻人也将秉承这种意志和精神，在“管好民生工程，谋求多元发展”的可持续发展进程中添力献策，把事业做好，把企业做强。

每当我仰望大坝，总能想起虔诚的信徒仰望圣山的情景。在我的心中，仰望小浪底就是仰望幸福。

# 屹立的风景

马古贝



一棵树站立千年，它就成了不老的传说。

从小浪底南岸渡口望去，天光水色，浩渺生烟，那些劣顽苦楚的山也不由敛起了性子，简单梳洗几下，施些妆绿，补点胭红，就有几分待字闺中的温婉了。

游船的马达声訇訇作鸣，浪花里鸥影翻逐。

看久了，不免生些迷离和怅倦，这时候，便想为眼睛找一个支点，想不到目光也是要歇歇脚的。

在咫尺之遥的环屿上，平实的山头上就那么孑孑地站着一棵树，仅一瞥闪过，它就轻易地俘虏了你的目光，那便是小浪底的老神树了。

它从哪里来？也许是乘着风翼，也许是借于鸟喙，我们无法猜想一颗异乡的种子历经怎样的颠沛和流离。

于是，我们只能从口口相传里寻踪索影了，在汉光武帝刘秀28岁那年，他率绿林军北渡黄河。路过孟津渡口，掷下鞭马的枝条，立此为誓：如若落地生根，则大业可成。后来，刘秀军队果然光复汉室，死后即葬在距此地十里之外的孟津白鹤镇，他“头枕邙山，面朝黄河”，也许就是为了望一望保佑自己的这棵神树了。

老神树的香火袅袅，白云苍狗，千年的孤独又何尝不是一种执守。

极目远眺，夕阳的余晖镀在进水塔上，几个金色的大字映入眼帘，“黄河安澜，河山永固”，风行浪起，大河滔滔，我不由想起默默征战数十载的水利前辈们，想起他们殚精竭虑的身影，想起他们甘洒热血的青春，顿时我的眼眶有股热流奔涌而出，模糊的视线里，水天苍茫，惟余老神树的剪影愈见清晰。它深深烙在我的信念里，直到有一天，我也会像它一样在无声的誓言里老去。

我们似乎见过这棵树的，是在去国怀乡的离愁里，是在贾岛的五言诗里，还是在米家山水的化境里？我是一名水利人，我的梦总是湿润的。

风起时，老神树上的红色布条猎猎摇旌，像一面复活的旗帜，仿佛看到它的根须正穿过历史厚厚的册页，而我们常常站在遥远的彼岸，唯一能带走的只有记忆了。

# 有一种精神

焦玉峰

有一滴树脂，那么平凡，那么不起眼，无意中被时间看中，滴在它下面的小虫身上，经过时间的磨练，成了琥珀，成了身价百万的宝贝。

有一棵青松，那么弱小，那么单薄，不经意间牢牢抓住岩石中的泥土，经过风吹雨淋，成了高山中的名景，成了大师手中得意的名画。

有一块石头，那么丑陋，那么坚硬，偶然间被一些玉匠所发现，刻上了某人的名字，打磨成了玉玺，成了指挥千军万马的象征。

……

有一批人，那么年青，那么有朝气，平凡中投入到工程建设中， 励精图治，经几十年的拼搏奋斗，险山恶水成了造福黄河两岸人民的世纪工程。

这是什么精神？这就是小浪底精神。

那是2006年的深冬，西霞院反调节水库工地上，机器轰鸣，现场施工也有条不紊地推进；寒意正浓，可它挡不住水电建设者们的工作热情。为保障施工顺利进行，机电监理部人员深入现场，了解实际情况并结合现况及时为施工方提供技术服务；水电工程局的建设者们放弃了休息，坚守在施工一线，日夜奋战……为了中国的水电事业，他们做出了无怨无悔的抉择，默默地奉献着聪明才智，奉献着青春和汗水,就是这些建设者们义无反顾地支撑起了小浪底的钢铁脊梁！

2006年2月，西霞院机电部监理人员现场检查排沙底孔门槽埋件安装时，发现门槽出现严重超差，西霞院工程将于11月份截流，该门槽设备必须安装到位。后经一个多月的反复调整仍达不到设计要求，原因复杂，责任不清，且多次调整不能解决，直接影响到工程的顺利截流。

时间紧迫，为确保10月按期截流，更好地指导埋件安装和充分发挥监理作用，实现西霞院工程的“投产达标”，西霞院电站筹备部张建生主任申报、注册，成立了高素质“排沙底孔门槽安装”QC活动小组。根据QC小组3月21日活动提出的要求，结合3月13日的专家咨询会议精神，QC小组从安装超差方面，埋件制造、运输、存放、测量和安装工艺等方面，于4月4、5日进行了第一次调查。通过对第一次调查结果的分析，及时采取旁站监理、调配安装人员、改进测量方法、对埋件加固等手段，再次安装定位门槽，安装效果较好，但闸门门槽A向12个测值仍有6个超差，B向有8个超差，C向有5个超差，超差值虽明显减小，但仍不合格，为此4月20日我们又进行了第二次补充调查。



由于小组成员的积极参与，通过PDCA循环，分析原因，制定对策，最后较好地解决了西霞院排沙底孔闸阀式门槽埋件的安装超差问题。6月15日，西霞院机电监理部召开排沙底孔验收会，测点合格率均超过96%，监理、设计、专家一致同意通过

验收。同年7月，该QC小组被授予“水利系统部级优秀质量管理小组”称号，9月又被评为全国优秀质量管理小组。

微笑的脸，积极的人生态度，挥洒着自己的青春，这就是我们西霞院工程水电建设者们的真实写照，这一切使我们这些年轻人变得更有信心、更有热情。工作是平凡的，责任是重大的，小浪底人甘于平凡，不甘于平庸。我们选择了小浪底，就要以我们最大的热情投入到工作中去。这里就是我们的家，我们要努力去建设；这里是我们的舞台，我们要尽情挥洒。

梦有多高，路有多远；没有比人更高的山，没有比脚更长的路。励精图治，追求卓越。这就是我眼中的小浪底精神。

# 与时俱进的小浪底

何　琳

“小浪底”，在小浪底水利枢纽工程未建设时，是一个很不起眼的名字，只有在大比例尺地图上找到的小村庄，如今已经是名扬四海、无人不知的响亮名字，在水利行业及工程建设方面有着举足轻重的影响。

正是金秋十月，我走在高耸的小浪底大坝上，坝上坝下美丽景色尽收眼底：大坝上游青山屹立、碧水荡漾、山水一色，进水建筑物高耸壮阔，傲然屹立；大坝下游坝后公园绿地青草、树木成行、游人熙攘，出口建筑物排列有序，雄伟壮观。在这个季节无论是谁身临其境，都会同我一样，有流连忘返的感觉。小浪底，对于游人来说，是心神向往的旅游圣地，而对于小浪底人来说，则是一份荣誉、一份自豪和一份责任。

震惊中国乃至世界的小浪底水利枢纽工程经过小浪底人的不懈努力，克服重重困难险阻和道道技术难关，高标准高质量完成建设任务，于2009年4月通过国家竣工验收，画上圆满句号。工程竣工验收后，小浪底建管局领导及时调整工作重心，

制定了“管好民生工程、谋求多元发展”的宏伟目标。

在小浪底建管局领导班子的正确领导下，经过全体小浪底人的不懈努力，小浪底取得了一个又一个骄人的成绩：1999年获“创建文明行业先进单位”，2005年和2009年连续两届获得“全国文明单位”的光荣称号。现在小浪底这三个字已经不仅仅是一个地名，也不仅仅是一个水利工程，而是一种精神，一个“金字招牌”。

在新的形势下，小浪底建管局领导班子审时度势，为了建管局的长期发展和战略目标的实现，提升小浪底品牌的形象和影响力，从提高小浪底人的素养做起，在全局开展“三个一”主题实践活动。“一个职工一个形象，一个党员一个榜样，一个党员领导干部一面旗帜”活动的开展，是局领导结合小浪底建管局面临的形势和任务以及改革发展的实际，整体提升小浪底人的素养和文明程度，继承和发扬小浪底的光荣传统，弘扬企业精神，确保全局各项事业健康发展。

我作为小浪底人，作为小浪底建管局的年轻职工，见证了小浪底近几年来的快速发展，也熟知工程建设初期所遇到的种种困难，深知小浪底之所以有今天的成就，凭的是无数小浪底人的艰苦奋斗与坚持不懈。我为此感到荣幸和自豪，也对小浪底的明天充满希望。作为小浪底人的后继者，我要积极投身到小浪底的各项事业中去。认真响应局领导班子的号召，努力做好自身工作，继续顽强拼搏，开拓进取，求实创新，为小浪底的美好明天贡献一份微薄之力。

# 源自于爱的动力

崔　鑫

春去秋来，花开花落，在喜鹊声声的欢唱中，小浪底伴我走过了三个寒暑。一千多个日日夜夜，我在这充满生机的环境里，学会了工作，读懂了生活；从那些平凡而又令人感动的人身上，看到了奉献，理解了小浪底人那份“源自于爱的动力”！

曹恒祥就是这些平凡而又令人感动的人中的一个。

曹恒祥是小浪底工程公司土建维修项目部主任。已经在小浪底工作生活了20多年的他，在那个无比艰苦的施工年代，就和自己所爱的人毅然决然地选择了这片贫瘠的土地，并在这里落地生根。

20多年来，他把青春无悔地奉献给了小浪底，岁月已将当年那个英俊潇洒的小伙子雕琢成了一个成熟而深刻的男人，而他也在用自己那独有的人格魅力方方面面影响着大家、感动着大家！

曹恒祥是个对工作极其负责的人。在泥沙中心建设的过程中，他要求土建部的同事们必须严把质量关，24小时现场不离

人。尽管他工作很忙，但只要能抽出一点时间，他就会亲自跑到工地上巡查。在回填砂砾石基础、对砂砾石进行分层碾压的过程中，为了确保施工质量达到要求，他亲自操作振动碾给司机做示范，那近乎完美的演示让在场的人都心服口服。用他自己的话说：小浪底就是咱们的家，咱们必须建设好这里的一砖一瓦！

工作上，曹恒祥对大家言传身教；生活上，曹恒祥更是对大家关怀备至。在项目部里，几乎没有人把他看做主任，在这个年轻人云集的团队里，大家更愿意把他视为兄长。



记得在我来土建部上班的第三天，曹恒祥主任的手机接收到一条短信，忙于安排工作的他让我帮忙看一下。打开手机，信息是项目部的一位同事发来的——“曹主任，我孩子发烧了，是该吃中药还是西药，该吃哪个名字的药，要不要去输液？”当他安排完工作、知道了这件事，第一时间打电话给那位同事，问明情况后，详细地告诉他该怎么做……打完电话，曹主任笑呵呵地对我说：“咱们项目部年轻人多，缺乏生活经验，以后你有啥事尽管说。”那一刻，我的心底泛起一阵强烈的暖流。没有想到：这个豁达的男人，竟然还有这么细致的一面。

前几天，上班的途中碰到曹恒祥主任的妻子，聊起生活的点滴，她说：“每当看到别人一家三口一起逛街时，我和孩子真是羡慕，真希望老曹能多陪陪我们娘俩……”说完，她笑了起来，那笑声和曹主任的笑声一样爽朗，眼睛里充满了骄傲和自豪！

今天上午，和曹主任一起从工地回来的路上，我开玩笑地说：“曹主任，您可真行，在这里一呆就是20多年，人刚到中年，头发都累白了。您怎么这么大动力啊！”

“因为有爱，所以有动力啊！”曹主任满脸微笑地回答。

多么朴实的语言，多么纯真的话语。为了对小浪底的爱，为了那份源自于爱的动力，多少像曹恒祥一样的小浪底人在这里完善着小浪底，却燃烧着自己！

我被他们深深地感动着。

# 这本书，意味深长

袁　芳

2005年，我们这群年轻的、80后参加工作来到了小浪底。在同事眼中，我们充满激情、充满阳光。转眼间，5年过去了。回想这5年的工作经历，就像一本书，意味深长。

这本书的开篇是初涉工作的我们，不免有些紧张。要做好身份的转换，从学生转变成职工，一切从零开始，时刻保持学习的心态，虚心向周边的同事学习，也许他们没有很高的文化，但是他们有比文化更宝贵的经验，这是他们用10年或者20年的时间积累来的，只要我们虚心请教，他们一定倾囊相授。

这本书的正文是工作中的我们，正在逐渐成长。刚进入岗位时的激情、对工作的热爱，随着时间的增长也一点一点地被磨灭。何时才能出人头地，何时才能干一番大事？眼高手低的毛病也出现了，对现有的工作越来越不满意，牢骚满腹，“我干得这么好，为什么不提升我？”“这活儿我早就驾轻就熟了，根本就是埋没人才啊！”“干的真没有意思。”这是我们上班一段时间以后经常听到和说到的话。仔细想想，这些活儿我们真的干好了吗？做精了吗？洗手大家都会吧，无论问谁，谁都可能会说这谁不会啊，不就是那样那样吗？可是在肯德基，就把洗手的步骤很详细地写了出来。可见，再熟悉的事情，要想做好做精也不容易。现在小浪底建管局工作讲精细化管理，我们应该从小事做起，真正潜下心，去从事现在的工作，将大事化为小事，做好每一件小事，从每一步开始，从一点一滴开始！

这本书的内容还在延续，我们充满着思考。如何把工作做得比别人更出色？这是值得我们深思的。一件再简单的工作，也不能想当然得去做，要比别人多想一步，这样才能把简单工作干的出色。

工作，这本书意味深长。我们由空白正在迈向斑斓。如今，经过这5年工作的历练，我们都逐渐走向成熟，责任感也增强了不少。在以后的工作中会更加明白工作的重要性，生活的真谛。我们依然会保持好对工作的激情、热爱，更努力地工作，用自己的行动去诠释一个全新的生活。

# 这就是我眼中的小浪底

王国清

我眼中的小浪底是什么样子呢？当问我自己时，我却不能用一句话来概括。

我眼中的小浪底是积极向上、拼搏进取的。

你看我们的青年同志们，努力钻研业务知识，提高自己的业务水平，积极地投入各种活动中。业务、工作、生活、团队活动，他们都以积极向上的态度去面对，以“一个职工一个形象，一个党员一个榜样、一个党员领导干部一面旗帜”的标准严格要求自己，他们在实现自己的价值，他们在证明自己的潜力。

我们的各级领导，不仅以积极向上的态度高效、优质地带领全局完成各项工作和生产任务，而且积极拓展青年成长、成才的途经，搭建青年成长的平台，使广大职工都能充分发挥自己的潜能，更快更好的成才。

我眼中的小浪底是以人为本的。

以人为本，是和谐社会的根本。尊重员工的权利，尊重员工的价值，尊重员工的创造性。鼓励广大职工发挥自己的特长，业余时间广泛开展文体活动以充实职工的业余生活，这是小浪底一贯的做法。

从食堂到操场健身房，你可以亲身体验到对职工饮食的卫生营养以及对职工强身健体的关怀；

办公室的安全会议，开关站的安全警示语，让你体会到小浪底对广大职工安全的重视和关怀；

干净整洁的工区和一尘不染的地下厂房，给广大职工和远方来客提供了一个洁净惬意的环境。每一个细节，关怀无处不在。

安全生产更是高层次的以人为本。广泛开展安全教育，深入安全培训，落实安全制度。严格的安全管理换来的是广大职工的安全和安全生产。

严不就是爱吗？

是的，在安全生产上的严格要求更是体现了小浪底对广大员工人身安全的关怀。

我眼中的小浪底更是可持续发展的。

制定完善的人才梯级培养体系，为小浪底的持续发展提供人才保障。

设立小浪底近期、远期工作目标，为小浪底的发展指明方向。

广泛开展节约活动，珍惜每一滴水，用好每一度电，管好每一分钱。

深入推行企业文化，为小浪底的发展提供源源不断的精神动力。让小浪底在发展的过程中，能始终拥有小浪底人的魂，那就是有自己特色的小浪底企业文化。

有了这些保障，小浪底是可持续发展的。

我眼中的小浪底更是具有社会责任的。

小浪底不仅是一个伟大宏伟的工程，更是一个先进的企业。在完成党和国家下达的各项任务和工作的同时，小浪底没有忘记自己的社会责任。

当灾情出现时，小浪底人积极地组织捐钱捐物，为灾区的救援和重建尽自己一份力。

深入扶贫下乡，为偏远山区的贫困农村，修建基础设施，改善山区老乡的生活，帮他们脱贫致富。

积极资助贫困大学生，在自己能力范围内帮助社会弱势群体，为社会尽一份自己的责任。

维持小浪底工程的健康可持续运行，表面上看这是小浪底人份内的事。但仔细想想，这不更是国家和社会赋予小浪底人最大的社会责任、历史使命吗？保障黄河下游人民财产安全，维持黄河的健康可持续发展——多么光荣而又自豪的社会责任、社会使命啊！

我眼中的小浪底是文明的。

文明的言语、文明的举止，让你处处感到身心愉悦。

全国文明单位，一流水电企业。这些荣誉让小浪底人脸上写满了自豪和骄傲。

这就是我眼中的小浪底——积极向上、锐意进取、以人为本、坚持可持续发展、深具社会责任感、文明而又生机勃勃。每一个生活工作在这里的人无不为她骄傲。

# 这就是小浪底人

孙　昕

1994年，年轻的我怀着满腔热血来到小浪底。一座座山脉、一处处窑洞，一台台塔吊，和着各种施工机械不同音调的轰鸣，这就是当时的小浪底工地。想到我即将要在这里挥洒青春和汗水，心中不由得兴奋起来。

时光如箭，岁月如梭。1999年10月，小浪底工程顺利实现下闸蓄水；2001年12月，工程全部完工；2006年3月，工程顺利通过渗控安全鉴定；2009年4月，工程通过国家竣工验收；2009年10月，小浪底建管局荣获“新中国成立60周年百项经典暨精品工程”和“中国水利工程优质（大禹）奖”等。十余年来，小浪底人的胜利和荣誉目不暇接。作为一名小浪底人，我深刻地体会到这些荣誉的得之不易，从小浪底工程建设者的身上，我看到了水利人应有的风采，年轻的他们意气风发、壮志凌云，望尽人生路；从他们身上，我读出了曾经的艰辛，坚强的他们衣带渐宽却无怨无悔、为了小浪底而日渐憔悴；当我再次审视他们，我感受的是他们居安思危、防患未然的淡定，和那运筹

帷幄、成竹在胸的从容——这，就是小浪底人。

这，就是小浪底人。他们就像大坝的守护神一样屹立在黄河之上，风风雨雨地守望了十余年，把青春年华挥洒在滔滔的河水中，把苦楚辛酸埋藏在绵绵的山脚下。回望着小浪底的沧桑巨变，他们欣然地笑了，苦苦追寻了二十载，蓦然回首，在那灯火阑珊的地方，他们找到了那原本就属于他们的幸福。

这，就是小浪底人。遥望那霓虹闪烁、流光溢彩、车水马龙，一切都如此美妙；再看这母亲河上、鸳鸯戏水、白鹭冲天，万物亦尽显祥和。所以，不论身在发电机组旁还是泄洪闸门边，他们从未感到疲倦和寂寥，为着自己那光荣使命和崇高信念而奋勇向前。

漫步于巍巍大坝之上，仰望着月夜星空，新中国60年的风风雨雨中闪烁着小浪底人的光亮，一项项荣誉，就是对小浪底人最好的褒奖。

# 这样的人

郭晓丽

来到小浪底已经两年了，在我的周围生活着这样一群人，我时常会被这些人和他们的事所感动。

他们远离家乡，阔别城市，过着与亲人聚少离多的生活；他们终日与大山、大河相伴，过着较为封闭的生活；他们每天与大坝、机器打交道，重复着在别人眼中枯燥无味的工作。但他们却自强不息，乐观豁达。

他们时刻树立争先理念。建设时期的艰苦岁月铸就了他们顽强拼搏、朴实坚韧的意志，养成了重规矩、守纪律、讲程序的严谨求实的工作作风。如今小浪底水利枢纽已顺利通过竣工验收，面临多元化发展的新阶段，他们对自己重新审视定位，查找自身与新形势新任务的要求还不相适应之处，充分调动自身的探索勇气、进取精神和创造潜能，要求自己始终走在时代的前列。

他们时刻树立服务大局理念。围绕“管好民生工作，谋求多元发展”的中心理念、服务大局，他们摒弃“部门条线”的

思想，自觉围绕任务落实全局工作，做到目标同向；他们把握全局科学发展的新目标、新要求，努力在深化改革的大局中求突破、在加快发展的大局中抓推进、在构建和谐社会的大局中促落实，认真履行岗位职责，沉下心来提高个人整体素质。

他们时刻树立严谨求实理念。他们坚决克服业务不熟悉、遇到问题绕道走、碰到棘手问题怨天尤人、束手无策的消极思想，切实加强个人工作能力建设。以提高引领科学发展的能力为核心，坚持“缺什么、补什么”的原则，抓好培训提高。发挥自身优势、推动各项工作顺利开展，不断加强学政策、学知识、学技能的意识，成为业务工作的“多面手”。

他们就是一群这样的人，他们就是小浪底建管局的全体职工，他们用自己的实际行动践行着“一个职工一个形象，一个党员一个榜样，一个党员干部一面旗帜”的标准。他们用自己的青春谱写着小浪底水利枢纽更加辉煌灿烂的明天。

# 执著的小浪底档案人

姚林聘

茫茫苍穹里点点的繁星，虽然细碎，却晶莹透亮；深山幽谷中点点兰花，虽然渺小，却飘香依旧；乡间田野中一颗颗露珠，虽然单薄，却折射阳光；一排排文件、一堆堆资料里工作的档案人，虽然平凡，却始终坚持着自己的执着。

有人说，“档案的职业就是一种时间和心灵的职业”。其实只有从事档案工作的人才能明白：收集、整理、保管、保密、查阅等包含的内容不能仅用时间和数量来衡量，更需要持之以恒的工作态度，细致入微的实际行动，默默奉献的敬业精神。

2008年12月13日，小浪底水利枢纽工程竣工技术预验收的关键时刻，所有工作人员都在加班加点。档案室的同志们在整理完所有工程备查资料后，又接到电话通知：“这两天会有大量技术资料需要复印，请档案室的同志们做好准备。”挂断电话，张新民主任立即部署工作：“在不影响正常工作的基础上，安排夜间值班，正常情况下值班到凌晨三点。”档案室的同志二话没说，两人一组，分时值班……直到预验收顺利通过。

叮铃铃……一阵急促的电话铃声，再一次打乱了档案室的安静。某部门急需了解小浪底水轮机转轮表面涂层的有关资料。接到任务的档案室工作人员立即投入到工作。根据对方提供的查询信息——“小浪底水轮机机组”，无法找到资料。时间一点点流逝，对方正在焦急等待，怎么办？

“再找，把所有有关水轮机资料全部找出，进行翻查。”张新民主任要求。

“我们分头查找吧？”档案室小崔轻声地提醒张主任。

“对，分头查找，小崔查找档案统计台账，小姚从合同目录进行查找，我从机组安装归档的项目中进行查找所有有关涂层方面的资料，动作要快，眼睛要明，心思要细，逐条查找……”张主任再次要求。

终于找到了需要的资料内容！终于完成资料的统计、汇总工作！终于向对方单位发出了传真数据！

其实，类似的情况在档案工作中时常出现。档案室人员经常需根据对方提供的相关资料，耐心询问，细致分析，不厌其烦、持之以恒地一遍又一遍查找。

这就是执著的小浪底档案人，工作职责要求他们默默工作，工作性质决定他们少说多做。

# 逐渐成熟的新一代

张　冰

80年代出生的孩子们被人们冠以“80后”的称谓。他们出生在中国经历巨大变革之初，沐浴着改革开放的新思潮长大。在老一辈人眼里，他们被“自私”、“自傲”、“自负”、“自满”等形容词所定义，他们被幼稚、没有责任心、脆弱、冷漠等评价所衡量，“宠坏了、惯坏了的一代”，这样的叹息声更是不绝于他们的耳畔。然而在跨入21世纪之时，却有这样一群80后怀揣着梦想来到了山河壮美的小浪底，开始了他们新的人生旅途。作为80后一员的我，荣幸地在他们当中认识了一些人，了解了一些事。

那是2007年的一天中午，仍在施工的西霞院现场，因为施工单位疏忽突然发生厂房进水事故，刹那间蜗壳层的进水已经没膝深了，眼看设备就要被水淹没，危险紧张的气氛充斥着在场每一个人的神经。而她必须坚守在中控室监控屏前，监视全厂设备的运行情况，眉宇之间透出一丝焦虑和关切。很快，在各部门的积极配合下，险情得以化解。交完班，她飞一样地冲

向厂房，给一直坚守在事故第一现场的男友送去了一双胶鞋。看着男友已经被泡得发白的双脚和憨厚的笑容，她紧锁的眉头、关切的眼神融汇成了一丝微笑。这是我在小浪底认识的一对情侣，他们都是小浪底建管局的职工，男的那年26岁，女的那年25岁。

去年深秋的一天，2008北京中国水利博览会小浪底展区的筹备工作有条不紊地进行着，与此同时小浪底驻北京办事处的宾馆房间内，作为负责人的他在摊满文件的床畔坐立不安，焦急的眼神在挂钟和手机之间徘徊。他在昨天晚上才刚刚告别了家中待产的妻子来到北京，而今天一大早他就被告知妻子已经进了产房。看得出来他满脸写着两个字：焦急。我想这不仅是他，初为人父的人又有哪一个不想早些再早些见到自己的孩子，听到那第一声啼哭呢？终于在中午时分等来母子平安的消息，当晚我们一起喝了酒，在酒微醺、人未醉的时候，他靠在一旁看着刚刚收到的孩子照片乐个不停。他是我在工作前便熟识的师兄，去年他27岁，中共党员，小浪底建管局的一名普通职工。

今年，在刚刚过去的十一节前夕，西霞院10号机大修工作几近尾声，为了完成厂领导要求的任务，“务必在下泄流量增大前完成试验，保证10号机顺利开机并网”，这样一群电厂80后的身影成了大修现场最繁忙的风景。而他也是其中的一员，手拿图纸，身背工具袋和同事们一起穿梭在设备机组之间的时候，谁也看不出此时他心中的惦记。直到鏖战了三天两夜，机组成功并网正式投入24小时试运行，大家拖着疲惫的身躯坐车离开的时候，车上有人笑着对他说：“你终于来得及回家结婚了！”大家才知道，一起奋战了几昼夜的他几乎错过了自己的婚礼。这个人我并不熟识，可这些天我总听到不同的人在提起他。他今年27岁，同样是小浪底建管局的一名普通职工。

这就是活跃在小浪底的一群能够勇于追求梦想的80后；能够在危难时刻携手面对、在心的牵挂和责任的担当之间作出正确选择的80后；能够不计个人得失，为了小浪底，更为了水利事业无私奉献的80后；能够默默地用行动带给身边的人带来心的震撼的80后；能够认识到自身有种种不足，却从不言放弃、不言乏力，茁壮成长的80后。从他们身上，我能看到比巍峨的大坝更加坚毅的小浪底精神，而这些就是我眼中的小浪底，一个年轻富有活力，厚重透着坚毅的小浪底。

老一辈小浪底人历尽艰苦卓绝的岁月成就了小浪底今天的辉煌，80后们将秉承着小浪底人艰苦奋斗顽强拼搏的小浪底精神，用无悔的青春为小浪底谱写更加绚丽多彩的未来。

# 祖国，小浪底对您说

## ——写在新中国成立60周年及小浪底竣工验收之际

杨 静

历史的音符在时间的长河里流淌了60年。60年前，中国水利百废待兴，“小浪底”还只代表了那个沉寂在大山之中鲜有人知的小村庄；60年后，中国水利蓬勃发展，“小浪底”已经成为新中国水利建设的重大成就，众人皆知。

作为水利人献给祖国60周年的礼物，小浪底水利枢纽工程于2009年4月顺利通过竣工验收，向党和人民交上了一份满意的答卷；9月成功入选新中国成立60周年“百项经典暨精品工程”，载入新中国60年建设与改革发展经典史册；11月顺利捧回中国水利工程优质（大禹）奖，获得全国水利工程的最高荣誉。

捷报频传，小浪底依偎着母亲强大温暖的臂弯，幸福而又骄傲。

祖国，小浪底对您说——

是您用坚强的新生孕育了我。新中国的成立，实现了国家的空前统一，奠定了社会主义的经济基础，开启了中华民族伟大复兴的历史新纪元。中国人民从此站起来了！大河奔腾，激流勇进，随着祖国日渐繁荣昌盛，小浪底工程作为新中国第八个五年规划纲要中“治理大江大河的水利设施”，被列入上马日程。

祖国，小浪底对您说——

是您用改革开放的春风唤醒了我。改革开放的大潮，促使中国水利打开了对外合作的大门。引进外资，引进技术，引进先进的管理经验，小浪底和着祖国的节拍，迈出了改革开放的步伐。大胆利用世界银行贷款，在全球范围进行招标，引用国籍通用的菲迪克条款；古老的黄河张开臂膀，拥抱来自54个国家的水电精英。小浪底成为我国全方位与国际惯例接轨的大型水利工程，走出了具有中国特色水电工程建设的新路子。

祖国，小浪底对您说——

是您用艰苦奋斗的精神激励着我。岁月峥嵘，小浪底工程建设与管理十八载风雨兼程。施工难度大，用辛勤汗水浇铸；技术要求高，用赤子情怀凝结；施工难题多，用科学技术破解。地质条件复杂，集体攻关；水沙条件特殊，大胆创新；建管模式没有先例，中国创造！艰苦奋斗、玉汝于成，小浪底敢为人先，开创了世界多沙河流上建设高坝大库的成功先例。

祖国，小浪底对您说——

是您用无私奉献的美德感染着我。千里长堤，坚如磐石；万里河道，畅通无阻；甜美甘露，泽被万家；清洁电力，万家灯火。悬河不再抬高，洪水不再肆虐，断流成为历史，凌汛威胁解除，生态得到优化，环境明显改善。小浪底以民生为重，电调服从水调，经济效益服从社会效益，发挥了工程初期运行的巨大综合效益，真正成为造福人民的民生工程。

祖国，小浪底对您说——

是您用传承千年的文化引导着我。潋滟清澈的一弯碧水，

是您广袤大地上生长的璀璨明珠；奔涌而出的巨型水流，是您动力强劲、活力十足的矫健象征；水鸟翻飞，鱼翔浅底，是您用心绘就的秀丽丹青。在您千年文化底蕴的熏陶下，横亘安卧的雄伟大坝，以我缚苍龙的伟岸大气，书写着文化小浪底、安全小浪底、文明小浪底、绿色小浪底的现代诗篇。

十八年的探索创新，续写了共和国水电事业新的辉煌，十八年的成功实践，演绎了新中国水电建设的不朽神奇。

祖国，小浪底对您说——



小浪底要借您温暖的臂弯，镌刻更加壮美的青春画卷！小浪底要做您悉心呵护的琴师，用拦洪蓄水、调水调沙、科学调度，奏响奔腾不息的时代强音；小浪底要做您精心培育的诗人，用求真务实、沉勇坚毅、拼搏奉献，抒发数风流人物、还看今朝的壮丽；小浪底要做您细心调教的画家，用青山绿水、千顷碧波、万里金黄，描绘安居乐业的富庶安详；小浪底要做您谆谆教导的骄子，用聪明才智、开拓创新、敬业实干，铸造对共和国的无比忠诚。

只有起点，没有终点。小浪底将坚贞不渝，始终与祖国同行，为祖国奉献！

# 为了那颗耀眼的明珠

杨会军

“黄河之水天上来，奔流到海不复回。”李白的诗句，道出了滋养炎黄子孙的黄河巨龙的壮观，同时也说明黄河性情的不羁。然而，是什么让这条巨龙豪迈中有了几多柔情，奔放中有了几多妩媚？这一切都归功于点缀在飘带上的那颗耀眼的明珠——小浪底。

小浪底，一个在中国响彻云霄的名字，一个注定要载入水利史册的名字，一个神秘的地方，一个令人向往的地方，转眼间，我来到这里工作已经7年了。7年中，我感受着“明珠”的雕琢，感受着“雕刻者”的豪迈情怀。

虽然没有机缘赶上小浪底水利枢纽主体工程建设，但后来的配套水利工程——西霞院反调节水库的开工建设，让我这个刚工作的毛头小生内心一阵激动，如果能参与这项大型水利工程的建设，能让小浪底水利枢纽这颗明珠更璀璨，也从中提高和锻炼自己该多好啊。很快我就有幸参加到了西霞院反调节水库工程建设中。我庆幸我们这代人，能有这么一个难得的锻炼

成才机会。日常工作紧张繁琐，每天要查阅大量图纸和其他资料，但是看到工程形象面貌在一天天的变化，心里却有一份说不出的喜悦。

我和所有从事西霞院反调节水库工程建设的人都正在用自己的汗水和心血，让这里的天空更蓝，湖水更开阔，风景更美丽。现在西霞院已建成，雄伟的拦河坝拦腰截断湍急的河流，坝前形成广阔的湖面。踏着夕阳的余辉，沐着清晨的雾霭，漫步湖边，经常会看到，许多平日里难得一见的野天鹅、野鸭和各种美丽的鸟禽，或嬉戏、或觅食、或飞翔、或栖息，形成一道道绝美的风景。偶尔也会看到一些游艇，船尾留下一道翻滚的白色浪花，风中飘来一阵快乐的欢歌笑语。坝下则是绿草茵茵，连接厂房的笔直的沥青路面掩映其中，宛如一只黑色的腰带镶嵌在绿玉之中。

但谁能想到，几年前，上游库区除了一条狭窄的、时不时干涸的河道外，到处是荒凉的芦苇浅滩和杂乱低矮的居民临时篷房，环境条件恶劣，汛期水位上升还经常淹没庄稼，更见不到珍贵野生候鸟在这里栖息玩耍的情景。而现在库区居民早已迁徙到安全水位以上居住，在政府统一规划的居住地开始了新的农业生产生活，已经过上了幸福生活。

我天性向往自然，梦想游遍祖国的江河湖泊和名山大川。然而有机会去过的地方却不多，仅有山西的壶口、湖北的洪泽湖、宁夏银川的沙湖、湖北武汉江滩等。小浪底和西霞院目前与这些有名的江河湖泊相比，显然缺少了太多的娱乐设施和如织的人流，但是我却独喜欢这里湖水的清澈和恬静。西霞院反调节水库的湖水，也许是人离水面距离近和水面宽阔的缘故，荡漾的水波会使心情随着舒展开来，使人活泼明亮起来，会忘记生活中的一点点烦恼；而小浪底的湖水则可能人离得远的缘故，显得格外宁静与深邃，心情是蓝色深沉的，让人沉思让人淡定，享受远离世俗的喧嚣和难得的宁静。

小浪底是美丽的，但是那些工作在一线的辛勤的枢纽工作人员，尤其是那些常年饱经风吹日晒的安全监测人员，为了小浪底今天的美丽和明天更美丽，他们在默默付出着。

隆冬季节，雪后初晴，总有那么一些年轻人，一个个精神抖擞地扛着测量仪器，披着绿色的军大衣，迎着寒风，踩着积雪，细心地采集每一组数据。夏季汛期到来时，为了采集到更准确可靠的数据，还是这些可爱的群体，每天早起晚归，不到六点就踩着早晨的露水出发，月光已高高升起还未到家，他们奋战在水库各个重要监测部位，认真测读每一组数据，全力保障着水库的安全运行，从来不计个人得失。正是这样的一群普通人，外表也不美丽，行为也不伟大，却用热忱的双手和青春汗水，为水库的安全运行筑起了一道安全防线。

这颗耀眼的明珠——黄河小浪底水利枢纽，我一直想找一个完美的词汇来赞美她，赞美她迷人的自然风光，赞美她深厚的人文底蕴，可是，我笨拙的思维无法找到这样的词汇去表达。但是，我相信，我们的汗水和智慧，一定会使它焕发出新的光彩，光芒万丈地闪耀在黄河母亲这条河上。

# 责　任

惠　阳

时光荏苒。

那些在孩童时期对小浪底的记忆，现在看来，还没有文字叙述的准确。唯一知道的是自己和很多小孩儿一样，是小浪底水利枢纽工作人员的家属。我的家人，和他们的家人一样，在为小浪底水利枢纽工程奋斗着。随着岁月的流逝，年龄的增长，似乎所见所闻的一切都开始让我了解小浪底，这个不单单是家属院名称的名字。

懂事以后，看到父辈们为小浪底水利枢纽工程辛勤地工作，才恍然觉得，一个成功的工程背后，有多少不为人知的付出和艰辛。也就是那时候开始，我的心里悄悄产生了一个念头，并为这个念头变成现实默默地坚持。

一路走来，并不容易，从毕业到从军再到深造学习，为了理想，努力着，坚持着。直到最终，我也成为了小浪底建管局的成员之一的时候，观察着在这里工作的每个人，我明白了，其实谁都有梦想，都曾为之奋斗、努力过。小浪底水利枢纽工程有现在辉煌的成就，少不了那些工程奋斗多年的前辈们。不是吗？举世瞩目的小浪底水利枢纽，作为世界上最具挑战性的水利工程之一，历经11年的建设，创造了世界水利施工史上多项第一，开辟了我国水利施工史上多项先例；经过9年的试运行，已经发挥出巨大的经济效益和社会效益，显现出明显的优势和公益性。如今，小浪底水利枢纽工程在经过多项专项验收和技术验收并经过实际运行检验后，已经通过了正式竣工验收。这一切成果的取得，不是轻而易举的，有着太多人的奉献和付出，有着太多人的坚持与努力。

身为小浪底水利枢纽工作人员的家属，也身为小浪底水利枢纽工程的一份子，双重身份决定了我对它的责任。无论是出于我的理想，还是其他任何原因，一名新人，有责任传承前辈们不怕苦、不怕难、坚韧拼搏、积极向上的精神。以身作则，为小浪底水利枢纽工程更美好的明天奋斗！

# 最 美

陈 岭

最美是什么？你也许会回答，最美是跋涉成功的喜悦、是甜蜜醉人的爱情、是流连忘返的景色、是血浓于水的亲情……关于“最美”的诠释，不同的人有不同的答案。在我的回忆之中，“最美”是这样的映像——

这是一幅在五星红旗下黄河截流的珍贵照片。照片中，千古巨川的伟岸为基，太行王屋的山峰为杆，在大江大河的截流现场，在北岸陡峭的山壁上，一面巨大的五星红旗呼啦一下展开——1997年10月28日，小浪底水利枢纽工程成功截流！小浪底沸腾了！

……

关于“最美”的回忆，如畅饮甘泉，让我的内心澄澈而明亮。2006年，我22岁，成为一名光荣的小浪底人，开始对小浪底这片热土、这片心中的“最美”有了更深层次的理解——“最美”应是那小浪底人，是锐意进取的小浪底人成功建设了世界上最复杂、最具挑战性的水利工程，是严谨务实的小浪底人开创了世界多沙河流上建设高库大坝的成功先例。小浪底人骨子里就有一种执着的精神，要做就做得最好！

竣工验收后的小浪底水利枢纽工程更加美丽、小浪底人更加执着。在加强精神文明建设和企业文化建设方面，小浪底建管局党委更是结合实际，响亮地提出：继续深入开展“三个一”主题实践活动！“一个职工一个形象，一个党员一个榜样，一个党员领导干部一面旗帜”。

今年我25岁，作为一名光荣的小浪底人，作为一名职工，我代表着一个形象，这时的我会腰挺得笔直、站得笔直。如若你再问我在远离尘嚣远离城市的小浪底，最美是什么？我会毫不犹豫地告诉你：是率先垂范的党员领导干部，是勤勤恳恳的党员，是兢兢业业的职工。是他们，构筑起小浪底一道AAAA级靓丽的风景；是他们，保证母亲河连续10年不断流；又是他们，完成黄河9次调水调沙；还是他们，2005年、2009年连续两届获得“全国文明单位”称号。

实践“三个一”，不仅仅是一种口号，更是改革创新闯在前、勇挑重担走在前、完成任务做在前的自觉选择；实践“三个一”，不仅仅是一个表白，更是平常时刻能看得出、关键时刻能冲得出、危难时刻能豁得出的精神支柱。一个又一个的小浪底人正在通过“三个一”主题实践活动，成为科学发展观的促进者、治水新思路的实践者、管好民生工程的执行者。小浪底人拧在一起，就是一道闪电、一束火绳，又是一座坚不可摧的小浪底大坝。

“为什么我眼里常含泪水？因为我对这土地爱得深沉。”为什么你我的眼里常含着激动的泪水，因为你我都是最美的小浪底人。

# 用青春铸就黄河年轮

张静宜

生生不息的黄河，在悠悠时空中，又刻下了一道道新的年轮。

这年轮，印记着黄河人奋斗的足迹；这年轮，荡漾着探索者激越的豪情；这年轮，映射着母亲河欢欣的希望。

长河作证，青史浩然。

2010年，中国共产党领导下的人民治理黄河事业走过了60多年的光辉历程。在中华五千年的历史文明长河中，一个甲子轮回只是短暂的一瞬。

然而，正如奔腾浩荡的黄河一样，这60年，却是如此波澜壮阔，经天纬地。

九曲黄河，雄浑跌宕，以其博大的胸怀和非凡的气势哺育了中华民族的成长。1946年，在战火硝烟中，人民治理黄河事业掀开了新的历史篇章。中国共产党领导下的解放区人民一手拿枪、一手拿锹，在极其艰苦的情况下，保证了黄河回归故道后不决口，为中国人民的解放事业作出了巨大贡献。新中国成立后，在党和国家的高度重视和正确领导下，通过黄河建设者的艰苦奋斗，古老的黄河沧桑巨变，取得了举世瞩目的巨大成就。黄河60年岁岁安澜，宝贵的水利水电资源得到开发利用；水土保持有效减少了入黄泥沙；小浪底水利枢纽的气概重现了黄河之水天上来的壮观。这些成就是历史上任何一个朝代所无法比拟的。

巍巍高山之中，奔腾黄河之畔。60道年轮，镌刻着老一辈创业者浴血奋战的不朽业绩，凝聚着一代又一代黄河人的心血与汗水，见证着人民治理黄河事业不断开拓前进的坚实足迹。

这里没有都市的繁华，也少了些现代生活的气息，然而在尘土飞扬的建设现场，在隆隆轰鸣的发电机旁，在高山黄河之畔，却生活着这样一群默默奋斗，自强不息的小浪底人。

自1991年小浪底水利枢纽开始准备前期工程时，20年的时间造就了不平凡的小浪底人。

这是一个刚强的集体，在长期艰苦奋斗中相互交融相互凝聚；这是一个完美的团队，在一次次战斗中形成默契，无坚不摧；这还是一座丰碑，向世人展现了团结的真谛。

多少个日日夜夜啊！星星伴我，太阳做证。

小浪底人风餐露宿，笑对荒凉，用激情描绘出张张宏伟蓝图。

马达声声，机器轰鸣，小浪底人披星戴月，头顶骄阳，让如雨的汗水浸透衣裳。

面对肆虐的暴风，汹涌的洪水，小浪底人夜以继日，不辱使命，沉着冷静，指挥有方，用勤劳和智慧夯实道道平安的堤防。

这是我们永远难以忘记的风雨历程，是艰苦磨练了我们，是精神升华了我们，我们因身为小浪底人而感到自豪。风雨兼

程，造就了我们自强不息、奋发进取的铮铮铁骨，更铸就了一座水电大坝的里程碑。

2009年4月，小浪底水利枢纽工程顺利通过国家竣工验收，“管好民生工程，谋求多元发展”，小浪底建管局迎来了发展新篇章。“雄关漫道真如铁，而今迈步从头越”。2010年阔步走来，小浪底的年轻一代已经积极行动，意气风发、开拓进取，为维持黄河健康生命作出新的贡献，为把小浪底水利发电事业不断发展壮大而奋斗，用青春铸就属于我们自己的美丽年轮。

# 逐梦坚守　铸就辉煌

陈　萌　张亚楠　沙　莎　马尚焜　王琳琳　陈　伟

## 一、追梦篇

展开历史长河一幅幅关于水利人故事的画卷，承载着千百年来几代水利人的梦想，我们一步一个脚印努力追寻着他们的足迹，默默地坚持着。无论迎接我们的挑战是多么严峻，都把挑战和克服困难的过程当做一种历练，一种使之快速成长的契机，只要好好把握，就能收获梦想。始终相信，追梦的过程远远比结果来的重要。

作为一名青年水利人，更加深刻地懂得水利事业的重要性和使命感，多元化发展不仅是一个发展方向，更多代表着几代小浪底人深深难以割舍的水利情怀。懂得珍惜，方能获得圆满。



## 二、奋斗篇

浩然壮阔的黄河奔流而下，黄河作为母亲河养育了一代又

一代的华夏儿女，也哺育了一批又一批的小浪底人，小浪底水利枢纽工程是中国水利史上的一个奇迹。它承载了无数水利人的梦想和期待，秉承着小浪底人的优良传统。只要心中怀有坚定的信念，无论前方的路是荆棘还是泥泞，都要坦然面对。

这是一场持久战，坚持到底才能自信地微笑。想起过往奋斗的点点滴滴，多少次数据校对多少次返工再修改，多少个日夜奔走在生产第一线，多少个拖着满负荷的身躯仍然乐呵呵地鼓励自己的同伴要坚持的平凡的工作者，他们都是最可爱的人。这些用无数人的心血和汗水铸就的历史将是最辉煌的，水利人不断创新不断进取的精神将源远流长。

## 三、坚守篇

一滴水，一个梦想；一颗石，一种信念。信念是神圣的，不可侵犯的。水滴的梦想是：终有一天，可以凭借自己的力量和毅力，迎风破浪，冲向大海，汇聚成广袤的海洋中的一滴水，一抹灵动的色彩。

成就水滴梦想的是一种信念，而造就基石的则是平凡。我们有作为基石平凡的坚守和水滴般的岗位责任。态度决定一切，细节决定成败。在学习中不断成长，不断进步。认真对待每一件事，踏实走好每一步，成就非凡，铸就梦想，抵达成功的彼岸。信念的坚守更多的是需要一份责任，作为水利人的责任。

## 四、创新篇

水利事业的不断发展，需要不断改革创新注入新鲜的血液和原动力，多元化发展需要开拓更多的发展空间，需要不断汲取优秀的管理经验和理念，同时，要学会自主学习，学精学深，以适应不断发展带来的变化。

然而，生产的重中之重在于安全。以人为本，人性化管理。以人为镜，可以知得失。在团队中成长，在相互协作中培养默契。不断学习与时俱进，俗话说：创业难，守业更难。切忌心浮气躁，要保有一颗平常心，用心去经营属于我们自己的家园。

## 五、展望篇

面对着未来难以预知的挑战，我们心中充满期待。双手紧握着那份平凡的坚守，身体力行，稳扎实干。不骄不躁，用尽自己全部的力量去灌溉水利事业这个大花园。以初学者的姿态学习，勤勤恳恳，兢兢业业，做一名合格的小浪底人。在此，向数以万计默默投身于水利事业的工作者们致以最高的敬意。

希望总是带给人无限的期盼，小小的希望成就大大的梦想。让我们共同努力，携手并进铸就属于我们自己的那份辉煌，在逐梦坚守的道路上奋勇前进，只为离梦想近一点，再近一点。未知的精彩，等待我们扬帆起航。

# 诗歌

# 给未来的自己

陈　萌　朱旭萍

来自巴颜喀拉山的五曲泉
勾勒母亲河九曲连环十八拐的婀娜身段
记载历史的铁马金戈
见证美丽的塞上江南
一滴黄河之水呀
你可知
我并非天上而来

曾经这里水患不断、百姓维艰
今朝此处沃野千里、江河安澜
龙羊峡的恢弘与伟岸
刘家峡明珠一般的色彩
人门平、鬼门削、神门三声化尘埃的奇迹
大浪尽、小浪底呵
黄河艄公的笑颜

发自守望者铿锵的救赎
源于治黄人双肩的伟岸
明天
我即将跨越这黄河中下游的界线

这一刻
这一刻我的思绪飘到了60年前
干旱烧焦了良田，煎熬着时间
凌汛冰封了希望，纠结着信念
淤泥阻塞了河道，郁积着岁月
洪水冲毁了梦想，吞噬着家园
黄河儿女啊
只能怒视苍天

1991年
1991年的小浪底，禹王的传人发出了惊天动地的呐喊
要叫那黄河“变色”
谱写人水和谐的诗篇
要把黄河的事情办好
是我们亘古不变的誓言
巍巍大坝小浪底啊
缔造着一个又一个沧海桑田的变迁

我的生命悠长而久远
一次轮回不过一次水的循环
今天的大坝前，我写下给未来自己的信签
明天的我

将流入希望的水闸，浇灌干涸的麦田
穿越排沙洞的浊流，冲走淤积的遗憾
流淌西霞院库区，充当反调节的砝码
推动轰鸣的机组，化作光与热的礼赞
明天的我，也许远离这些荣耀之路
放逐泥泞的沼泽，游走土壤的缝间
徜徉沙漠的水脉，点缀皑皑的雪原
那么我依然要化作“管好民生工程　谋求多远发展”的号角
响彻水利人头顶的云端。

——给未来的自己
承载一个人水和谐的心愿

# 青春在小浪底闪光

陈 岭 张亚楠 陈 萌 郜 莉

有人说，青春是一支小夜曲，温馨、浪漫
有人说，青春是天间的五彩虹，幸福、斑斓
有人说，青春是一首歌，激励着年轻的心勇往无前
有人说，青春是一幅画，蕴含着生活的苦辣酸甜

可是，我要说
在事业中闪光的青春
才会弥足宁新
才会永驻心房

我们一群年轻的水利工作者
我们坚守在民生水利的最前沿

我们沿着老一辈小浪底人艰苦奋斗的足迹
跋涉向前

我们沿着“管好民生工程，谋求多元发展”的方向
乘风破浪

亲爱的朋友
让我把我们的青春故事和心声心愿——呈现在您的面前

青春是燃烧的激情
青春是跳动的火焰
我们是五月的花海
用激情拥抱阳光，革故鼎新、敢为人先在小浪底上
我们是初升的太阳
让生命如花绽放，锐意进取、大胆创新在西霞院旁

在这里，有我们的身影
向地震灾区捐献爱心
向希望小学捐献爱心

在这里，有我们的身影
重大活动过程
重大会务现场

在这里，有我们的足迹
重大工程的建设工地
多元发展的前沿现场

在这里，有我们的足迹
青年林植树现场

我们种下青春，收获希望

在这里，我们共同成长
主题团日参观、团员青年座谈
我们打开眼界，愉快成长

领导的叮咛，让我们受益匪浅
我们牢记责任与使命
充分展示出小浪底人团员青年的精神面貌和良好形象

丰富的活动，让青春更加绚烂
青春小浪底博客、职工运动会、我锻炼我健康散步
青年书屋读书漂流、岗位技术比武、成长之路讲座
这些，是对我们的肯定
五好团支部、五四红旗团委、全国青年文明号
这些，是我们奋进的目标

管好民生工程　谋求多元发展
求真务实、励精图治
追求卓越、锐意进取、改革创新
我们，如满张弦上的弓箭，蓄势弩张
我们，如喷薄而出的朝阳，高歌吟唱
这是青春的乐章，用勤劳与智慧去放飞光荣梦想
这是青春的相会，用坚强与自信去驾驭惊涛骇浪

团徽，闪亮
青年，希望

团旗，飘扬
韶华，畅想
勤字当头
不懈摇桨
让青春在小浪底闪光

# 热爱小浪底，青春献水利

刘　玉

还记得吗
1991年的9月1日
那开山炮的隆隆巨响
拉开了小浪底水利枢纽工程建设的序幕

还记得吗
那进水口的洞群，宛若黄河的血管
那一根根向天而立的进水塔，仿佛是您坚实的脊梁
还有您住过的窑洞
还有那“为九七截流而奋斗”的誓言
这些，您都还记得吗

如今，群山绿了，黄河的水清了
您却染上了霜发，折皱了眼角

曾经，您也年少轻狂
那些年，是春花秋月何时了的寂寞
是对酒当歌，人生几何的豪迈
是流光容易把人抛，红了樱桃，绿了芭蕉
那些年，梦在心头，爱在转角

某个失眠的夜晚
您也曾打开一扇窗子
深邃的夜空，镶嵌着无数古往今来的眼睛
您在夜幕上流一滴眼泪
被月光反射
像是不朽的灵魂，被钉在永恒的夜空
那是一个小浪底人
“热爱小浪底,青春献水利”的情怀

# 顺着河流的方向

郜　莉

昨夜在梦里
我又梦到你的模样
上下五千年
你在那头不语，我在这头惆怅
如果你是一册厚厚的书
那么除了苦难和坚强
从哪一页开始才是你喜悦的篇章
我问山川，山川却对着沉默感伤
我问大地，大地回答我的只有苍茫

顺着河流的方向
我站在岁月的彼岸张望
就像五月里听见春雨在记忆里流淌
大河从诗经里流淌
流过李白的酒樽

流过洗星海的五线谱
流过数不清的苦难与岁月沧桑
从昆仑到壶口
从壶口到小浪底
有过叹息有过跌宕
今天，它终于流过我身旁
流过我全身的血管和心脏

顺着河流的方向
两岸是一样的青纱帐，一样的小米汤
过尽千帆，清波细浪
一万朵浪花就有一万朵的祝愿
高峡出平湖
进水塔边，土石坝上
湖水中倒映着当年的紧张与奔忙
那些锲而不舍的多臂钻
那些不知疲倦的工程车
那些舍己忘家的水利人
那些睁着眼失眠的
那些流着泪欢笑的
从截流到发电
从青丝到白发
远去了，都远去了
有一天，我们都老了
至少我们还有铁马冰河的梦想

顺着河流的方向
五月的小浪底枢纽管理局换上了绿色的盛装
防洪减淤，灌溉发电
我们用勤劳和智慧夯实平安的堤防
人水和谐，泽被千秋
神州千里处处都是锦绣画廊
汗水浸透衣裳
太阳晒干了河床
但小浪底人，永远有一颗湿润的心房
岁月带走了夕阳，也带走了风霜
就算它带走所有青春和年轮
也带不走，我们那铭刻在心的记忆
还有对明天执着的畅想

顺着河流的方向
我们用青春谱写无悔的诗行
任重道远，之水华章
我们要再创灿烂和辉煌

# 颂小浪底精神

赵　吉

当巍峨的小浪底大坝在老一辈建设者们披荆斩棘、削山截岭的不懈努力中拔地而起时
当万古奔流的黄河，惊涛骇浪化作清澈的涟漪时
当浩荡的河水开始按人们的意愿温顺地造福人类时
当历史的背影渐行渐远，小浪底竣工后发挥着
她巨大的社会效益和经济效益时
我们透过小浪底论证、施工、移民等一幅幅壮丽画卷
看到了一种与小浪底水利枢纽相生相伴的伟大精神——小浪底精神
小浪底精神赋予你们高瞻远瞩的情怀
清晨你们背负晨露，与山林对歌
黄昏你们满载夕阳，与河流倾诉
日月被你们扛在肩头，岁月被你们抛在身后
崇山峻岭中留下你们蹒跚的脚步
仁者乐山，知者乐水，智仁双全，豁达明智

几经探索论证终于勾画出这一伟岸的身躯

小浪底精神赋予你们艰苦创业的气概
平地一声惊雷，金戈铁马，气吞万里共铸世纪蓝图
老一辈建设者把青春年华挥洒在这滔滔的河水中
把苦楚辛酸埋藏在绵绵的山脚下
从不需歌功颂德，也不去谈论坎坷
不言苦，忘记累，无怨无悔献青春
也曾哭过，也曾笑过，甘愿用一生颠簸，换来万家灯火
风里来，雨里去，为民造福，舍弃家人团聚
几多辛劳，几多坎坷 ，换来天地人和
换来山川大地的生机勃勃

小浪底精神赋予你们自信自强的魄力
碧空万里六龙齐飞，惊涛拍岸，卷起千堆雪
九次圆满的调水调沙，那是你们居安思危、防患未然的印证
绿水中鸳鸯戏水，白鹭冲天，荡起层层波
神州大地的万物祥和，那是你们运筹帷幄、成竹在胸的豪情
你们用完善的脉络形式、缜密的组织结构让巨人的身躯更加健硕
你们用丰富的企业文化、有序的运行机制让巨人的成长更加健康
你们那不断加强的核心力，共同一致的向心力让巨人的心脏更加强劲
你们那清晰的发展框架，明细的战略思想让巨人的大脑更

加聪慧

当前

局党委审时度势提出了“管好民生工程，谋求企业多元化发展”的新目标

作为一名年轻的水利工作者

我们的目标就是要继续发扬小浪底精神

在认清形势中求变

在统一思想中求和

在改进作风中求实

让小浪底精神续写新的华章

# 为了黄河安澜的梦

王鹏程 陈 岭 李 翔

走水路
踏浪花
挡急流
筑堤坝
为了黄河安澜的梦，我们自五湖四海汇聚
为了黄河安澜的梦，我们自四面八方赶来
为了黄河安澜的梦，我们在这里深深扎根

10年间，世界多沙河流上有了建设高坝大库的成功先例
10年间，成功创建与国际接轨并有中国特色的建管模式
10年间，集中高强度移民安置成为移民工作的行业典范
聚精会神搞建设，融汇百川抓管理，拳拳爱国心筑起了这黄河安澜的坚强屏障

为了黄河安澜的梦，我们以水为家

为了黄河安澜的梦，我们天亮出发
为了黄河安澜的梦，我们夜以继日

9年来，始终秉承献身负责求实的水利精神
9年来，始终积极践行可持续发展治水思路
9年来，始终坚持公益性效益优先
人与水绽放出和谐的奇葩，生态文明迈出重要步伐，兢兢业业的敬业心书写出民生水利的壮丽篇章

看！那白洋淀的芦苇正在悄悄绽放新芽
看！那河口的白鹭正在湿地上快乐起舞
看！田间的收割机正在品尝丰收的喜悦
他笑了，忘记了炎炎烈日下维护枢纽的满身汗水
他笑了，忘记了隆隆水轮机旁运行机组的一夜无眠
他笑了，忘记了匆匆步伐间开拓创新的殚心竭虑
他，笑了
他，笑了
我们，开心的笑了

黄河已连续10年不再断流
黄河已连续10年安然度汛
黄河的悬河形势已得到了缓解
维持黄河健康生命的民生工程理念已落地生根
安全诚信、人本创新的核心价值观已深深融入内心

19年的拼搏
19年的奋斗

19年的无悔
耸立山间，巍巍大坝筑起民生屏障！
一改桀骜，滔滔大河绿满神州大地！
欢歌笑语，涓涓乳汁滋润华夏儿女！

忆往昔，建管并重，誓要把黄河的事情办好
我们在这里建设了一流工程
总结了一流的经验
培养出了与国际接轨的一流人才

看今朝，管好民生工程，谋求多元发展
他们在这里学到了水精神
悟出了水文化
用中国特色的治水思路报效国家

高峡出平湖
老一辈的小浪底人披荆斩棘
黄河岁安澜
新一代的小浪底人继往开来

走水路
踏浪花
挡急流
筑堤坝
为了黄河安澜的梦
这就是小浪底人的家……

# 黄河巨人

王国清　朱旭萍　张宏磊　丁媛媛

小浪底的山
黄河的水
山水依依
相映成趣
这里清新如画
四季沐歌
春来美丽温馨
夏至热烈奔放
秋游爽朗迷人
冬赏执着大方
朝阳放飞希望
彩霞迎来辉煌
我站在巍巍大坝之上
深情抚触这钢铁般的脊梁

侧耳倾听
波涛阵阵
但已非昨日那怒吼咆哮
俯首望去
巨龙已然在脚下翻转腾挪
防洪、防凌、减淤、供水、灌溉、发电
黄河儿女
兴利除害
心中豪情万千
却面对此景无语
这壮美山河
承载几多华夏文明
哺育多少中华儿女

共同吟诵的一首诗
民族的血液在流淌
国人的精神在激荡
不只是智慧
在逆境中奋进
开拓中创新
面对艰难险阻
只有欢笑
从不叹息
生活在黄河岸边的儿女
就有着母亲赐予的特殊情怀
不会忘记生命的意义
永远铭记历史

和祖先是一条剪不断的钢筋铁链

新时代的黄河人
一样的黄皮肤黑眼睛
不老的情愫
永恒的信念和精神
励精图治
追求卓越
建造起人间奇迹
勾画出绚丽图卷
大好河山
当然孕育可人风情
欢呼雀跃怎么了得
更勾起意乱情迷
迷失在现实的仙境
似梦
若幻
却是真

不是工作
是攻克
也非生活
是生命
没有毅力
怎能立于这方水土
没有热情
何来这惊世骇俗之举

锐意进取，严谨求实
雷厉风行，迅捷高效
小浪底人用行动向世人宣告
忠诚守信是品格
敬业负责是态度
团结协作是方式
勤于沟通是艺术
积极主动是干劲
精于专业是本分
终生学习是执着
发展自我是追求

打造了一把金锁
锁住千年的灾患
结出了丰硕果实
实现百代的梦想维持黄河健康生命
谋求企业持续发展

屹立的丰碑
镌刻着永恒
梦牵小浪底
魂绕西霞院

凝聚的力量
和谐在奏响
我们青春的骄傲

英姿飒爽

奋进的风采
在这里尽情宣扬
幸福的花朵儿
在这片热土绽放

挥洒汗水
但我们心情舒畅
播种希望
一粒金色的种子

融入这片天地
神奇的土壤
诞生了辉煌
你便看到了拼搏的力量

哪管流年无情
依然青春无悔
豪情满怀
谁叫黄河之上
冒出了这么一个巨人
我们骄傲
我们是小浪底人

# 我眼中的小浪底

丁媛媛

我眼中的小浪底
承载着无数水利人的梦想
寄托着千万人心中的企盼
她铸就的辉煌是无可取代的
一部中国水利上最值得惊叹的华美史诗
黄河作为母亲河不断给予我们无尽的遐想与向往

回首那些艰苦卓绝的建设历程心中感慨万千
更多的是对那些顽强拼搏的水利人的无限敬仰
他们用自己的汗水打拼出如今的盛世年华
多少个日夜多少重困难被层层攻克
数不清是第几次确定性试验多少次修改校对第几次返工
小浪底人的目标只为做到最好
他们的概念里绝不容许有任何失误
他们追求的也就是我们追求的

勇于创新求真务实是小浪底人的真实写照

今天我们秉承着励精图治追求卓越的企业精神
以饱满的热情投身于这份伟大的事业
小浪底水利枢纽不再只是用混凝土铸就的大坝
更代表着几代小浪底人的精神
无论前方的路是荆棘还是泥泞
我们便只顾风雨兼程坦然面对
只为看到她最灿烂的明天而不懈努力

# 小浪底，一首无悔的诗

李亚丽

足音渐近
是谁漫溯着黄河源头的清冽和静谧
从青藏高原的巴颜喀拉山
飞过崇山峻岭
穿过河套平原
跨过黄土高原
如金色的丝带把山川和平原紧紧相连
一篇世纪的经典呀
横贯于河洛之北、太行之南

古老渡口
是谁的船只摆渡了数千年
悠长的纤绳拖曳起坚贞的渴盼
粗犷而豪迈
先祖的调子引吭流动的誓言

渺渺茫茫唤醒沉睡的中原

我的黄河母亲啊
您的儿女——小浪底
在此为您静静地守候

一脉涛声
自20世纪50年代的某个日子传来
伟人倚马黄河古道，指点江山
治理好黄河的愿望一定能实现
小浪底
你奏响了黄河母亲安康保障最和谐的诗篇

滔滔河水一泻如虹、奔腾不息
我全身流淌着母亲豪迈的血液
年轻的心啊被您轻声地呼唤
久久不能平静

多少个日日夜夜啊
马达声声，机器轰鸣
星星做伴，骄阳为证
我们坚定信心，奋力前行
我们风餐露宿，笑对荒凉
我们辛勤工作，走村进乡
用足迹刻写出一串串无悔的诗行

面对肆虐的暴风，汹涌的洪水

我们夜以继日，不辱使命
沉着冷静，指挥有方
任凭如雨的汗水浸透衣裳
依然用勤劳和智慧筑起坚固的堤防

你看那
一块块护砌的岩石
守护着百姓的富足与安康
一条条灌溉的渠道
蜿蜒流淌着丰收的希望
一瓢瓢清澈甘甜的井水
汩汩奏响“以人为本”的乐章
一道道凭栏远眺的亲水平台
给母亲河着上了华美璀璨的盛装
固若金汤的拦河大坝和绵延的御洪堤防
处处是靓丽、迷人的风景画廊

走近这一方梦境般的水域
丰美的水草和鲜活的鱼儿
让世人如此迷恋
高峡出平湖，滚滚黄龙亦静娴
真是风烟俱静、扬波万里
所有爱的箴言
都无法形容这如诗的美景

虚怀若谷，上善若水
是我们追求的人生境界

厚德载物，止于至善
是我们的行为标杆
兴修水利，造福万代
服务百姓，共建和谐
是我们的不懈追求

我们的肩上承载着人民的希望
我们的明天任重而道远
让我们以大禹治水的精神
谱写水利建设的壮丽诗篇
让我们以夸父追日的执着
精心打造“和谐水利”的保护屏障
让我们踩着催人奋进的鼓点
奏响“千秋伟业”的治水华章

# 小浪底，我为你自豪

郜　莉

你，威严高大，如镇守边疆的将军，力挽狂澜，保卫半壁江山的安澜无恙

你，温柔博爱，像教子有方的慈母，调峰蓄沙，张弛有度，有条不紊

改革开放的春风，载着亿万人的期盼，经过批准、对全世界招标、国际贷款，带你一路走来

50多个国家的施工人员，俨然一个小联合国，为着一个共同的目标，舍小家、战天斗地、争分夺秒将你垒筑而成

国际接轨的管理模式，助你成为栋梁

因为有你，治黄时间争取20年

因为有你，荒山劣石变得秀丽多姿

因为有你，两岸农民脱贫致富

拦河大坝、泄洪排沙、引水发电你承载着人类智慧的结晶

防洪、防凌、减淤你解除黄河忧患

一代代的小浪底人传承着维持黄河健康生命的使命，坚守在不同岗位上

他们励精图治，追求卓越

他们克己奉公，实事求是

他们志存高远，放眼未来

他们用努力，换来了全国文明单位、百佳工程等多项荣誉

为小浪底披上了人文、和谐的霞光

2009年4月7日，一个重要的日子，如释重负，工程质量过硬、运营管理科学、社会效益显著，你成功通过竣工验收

2009年4月7日，一个令人难忘的日子，历经十年磨砺，你给国家、人民递交了一份沉重而又满意的答卷

你被画上句号，那不是结束

你被画上句号，踏上了新征程

你被画上句号，又将是篇新华章

可看见那黄河岸边风中飘扬的国旗，听见一个个职工、党员、党员干部的铮铮誓言

可看见那窗明几净、物品摆放整齐的办公环境，感受到规范、敬业、团结、诚信的文明

那是小浪底企业文化的精髓

那是精细化管理的成效

那是“三个一”践行的结果

我眼中的小浪底啊

走进你的心脏时，我已被烙上了你的标记

我的言谈举止皆是你的代表

你强，我荣

你衰，我辱

我为你而自豪

你是我的现在，是我的未来

当你成为我的过去时，我也要你为我而骄傲

# 小浪底风采

郭 卿 张凌锦

自黄土高坡到华北平原
咆哮的野马被勒住了缰绳
一座大坝巍然屹立
从此，黄河安澜，福泽人民、河山永固
回想当初
一览无余的工地上，是谁曾享受烈日热情的招待
密不透风的机坑里，是谁曾多少次挥汗如雨
飞沙走石的天气里，是谁在一丝不苟的检查设备
住窑洞
宿工棚
吞冰雪
啃干馍
战寒风
斗酷暑
泥泞的前路中，吹起了奋进的号角

保截流、抢发电、早完工……一场场精彩的战役就这样打响
高速含沙水流、多级孔板消能……一个个世界级的难题就这样被攻破

在外国人面前，我们是中国人
在中国人面前，我们是小浪底人
图纸，画好了一张又一张
方案，设计了一个又一个
所有的殚精竭虑，所有的绞尽脑汁，只为呈现出最好的一面

纵横交错的地下洞群，编织出一部奋进的书简
亚洲最大的地下厂房，仿若一座美丽的宫殿
叹为观止的进水塔，忠诚地担负着“黄河之门”的重托
你既是中国的“地质博物馆”，又是水电施工技术的“百科全书”
这其中数不尽的是拼搏，道不尽的是顽强

小浪底啊
你是中原的明珠
你是震惊世界的杰作
你承载了多少水电人背井离乡开赴小浪底战场的汗水
你书写了多少感人至深、可歌可泣的事迹
你阐述着一个不屈不挠、知难奋进的哲理

走进今天的小浪底水利枢纽
一路看不尽的旖旎风光

昔日荒凉的沙砾披上了绿色的新装
澄澈的水库，停靠着安静的驳船
枝头的酸枣，诱惑着蠢蠢欲动的味觉
腊梅清幽的淡香带来了冬日的芬芳
如今新一年明媚的春光呈现眼前
在“抓机遇，促转型、谋发展”的目标下
在“认清形势，统一思想，改进作风，促进发展”的引领下
工程公司紧跟建管局步伐，依托民生工程
从高标准完成维修养护任务，到积极拓展外部市场，再到精细化管理水平
每一步脚印都闪耀着智慧的光芒

一路走来，每一处美景都体现出小浪底人强化民生工程的理念
是他们，构筑起小浪底一道AAAA级的靓丽风景
是他们，保证母亲河连续10年不断流
是他们，完成黄河9次调水调沙
全国环境保护百佳工程、全国文明单位、五一劳动奖章……
每一块奖牌 都是一座丰碑 每一座丰碑 都展示着小浪底人治黄的风采

黄河宁、天下平
改善民生、促进生态文明，是小浪底人永不放弃的使命感
站在新起点、实现新跨越、再创新辉煌，是小浪底人永远追求的目标

空谷不再，枢纽永存
今天的我们在局领导的带领下将踏上新的征程
让我们一路奋进，激扬高歌

# 信　仰

李一丁

我深植于心中的信仰
伴随奔跑的酣畅
我曾迷茫寻不到方向
徘徊的脚步
干涸的希望
啊
是你用坚实的手臂
替我擦亮灰暗的心光
绵延的梦想张开翅膀
至今已十年时光

曾记得
廿年前石破惊天的巨响
隆隆的机器声
让血脉都膨胀

挥汗如雨的日子里
无数身影寒来暑往
坚定的目光
坚强的臂膀
那是众志成城
激情澎湃的海洋

当轰鸣和喧嚣都散场
我的梦依然在飞翔
那从此挺立的坚实身影
让我在你的怀抱中安心徜徉
十年的流淌
许多片断难忘
是千年洪魔不复再望
是霍霍凌刀难再嚣张
是滚滚黄沙奔入海洋
是万家灯火璀璨星光
是豫鲁平原生机昂扬
是甘美乳汁淋漓酣畅

十年的流淌
我的悲喜有你分享
不再等待
不再迷茫
你延续我生命的脉搏
点燃万物的希望
你听

那华夏大地上
往日的欢歌再次唱响

追随你伟岸的身影
手中紧握我的信仰
眼中闪烁你的渴望
千万年来我穿越沧桑
只为等待
你我相逢共同演义一场
多荣幸为你歌唱
你是我深植于心中的
信仰

# 这么一条河，这样一座坝

巴　涛

有这么一条河，一条古老的河
划过五千年时空的历程
哺育出一个伟大的民族
一个走在世界前端的国度

它就是黄河，中华民族的摇篮
炎黄的子孙，从你这里开始上演
古国的文明，从你这里开始发源
英雄的事迹，在你这里英勇亮剑
儿女的故事，在你这里美满释怀

大地神州，被你分为南北两面
祖国的脊梁，被你一手牵连
国家的富强，被你悄悄撑起
世界的眼球，为你增光添彩

你奠定了中华民族万世的辉煌
也带来了千年的河患
你冲垮了多少幸福的家园
造就了一段段亲人离去的悲凉
桀骜不驯的洪水
成为中华民族的心腹之患
与之搏斗从未中断

瞧！一座座大型水库，一处处水电站
构成了今日一道道靓丽的风景线
让你放慢了奔腾的脚步
从此不再疯狂泛滥
然而，泥沙长期淤积堆起了下游的地上悬河
犹如人们头顶的一把利剑

但有这么的一群人
建造了这样的一座坝
防洪防凌带减淤
供水供电及灌溉
调水调沙冲河道
过流提高一倍多
造福人民增经济
此坝名为小浪底

这是一座年轻的坝
无数次风风雨雨

历练了他的大气与坚强
十几年间的河涨河落
见证了他生命的成长
气势恢弘的体魄下
那颗充满动感的心脏
砰砰作响
用热血的青春敲击着胸中的华美乐章

这是一座巍巍的坝
斗士般坚挺着他不屈的脊梁
挺起宽阔的胸膛
伸出缔造光明的大手
牢牢扼住巨龙最后一段的咽喉
猎猎西风下
浪涛风簸中
笑看眼下千里苍茫
安保太平万里无疆

小浪底水利枢纽创始的人们
十年间
承国家之大任
穷万人之心智
挥汗如雨
造就了他的钢筋铁骨
八次九龙吐水
十年延续血脉
用青春与激情

书写着小浪底人的铮铮誓言

黄河
令人唏嘘不已
小浪底
让我魂牵梦绕
因为这里有
这样的一条河
这样的一座坝
这样的一群人
创造了这样一个辉煌的奇迹

# 一条河，一座坝

李力翔

这是一条长长的河
巨龙般蜿蜒穿梭于高山峡谷
天山雪莲的清香
塞上明珠的温存
黄土高原的沟沟壑壑
任凭九曲十八个情结
都迷失不了他奔腾入海的渴望

这是一座巍巍的坝
斗士般坚挺着他不屈的脊梁
直起宽厚的胸膛
伸出粗糙的大手
牢牢扼住巨龙最后一段咽喉
猎猎西风下

浪淘风簸中
笑看眼下千里苍茫

这是一条古老的河
在万年不化的圣洁雪山下流淌
沿途的塬梁沟峁
也道不尽她历经岁月的沧桑
如同一位从远古走来的老人
纵使千言万语
也诉说不了她对大地的衷肠

这是一座年轻的坝
无数次的风风雨雨
历练了他的大气与坚强
十几年的河涨河落
见证了他生命的成长
淡定如一的笑容下
那颗充满动感的心脏
砰砰作响
用青春敲击着胸中华美乐章

这是一条记载苦难的河
它张着血盆大口扑来
即使那望月铁犀
也慑于它的淫威
在狂暴中不知踪迹
每一次走后

留下的只是
满目疮痍
饿殍载道
千疮百孔的河床
都难以诉说数易其道的悲凉

这是一座创造神奇的坝
十年间
承上天之大任
穷万人之心智
挥汗如雨
造就了他的钢筋铁骨
八次九龙吐水
十年延续血脉
用青春与激情
书写着自己的铮铮誓言

黄河
令人唏嘘不已
小浪底
让我魂牵梦绕
因为这里有
这样一条河
这么一座坝

# 家书

# 给儿子的一封信

鲁　锋

亲爱的儿子：

在你第二个儿童节来临之际，爸爸送给你的礼物是写给你人生的第一份信。

你的妈妈是一名护士。

消毒水、白大褂，成为一种符号印在了爸爸的脑海。我清楚地记得，每天妈妈上班的准点出发和下班后的疲惫不堪，她和你的阿姨们每天的工作几乎都是一溜小跑、从不停息，工作强度之大、压力之重，非外人所能理解和适应；她们用自己的青春年华丈量着从一个病房到另一个病房的距离。她也很想爸爸能体贴她、关心她，但爸爸不在你们身边。

我清楚地记得，每次遇到技术操作考试、医院的各类比赛、考核，妈妈都像参加高考一样非常用心地准备，挑灯夜战甚至一夜不眠。她对自己严格要求近乎苛刻，每一个数据、每一个案例她都十分认真，常常让爸爸感到自愧不如。因为她很清楚地知道自己肩负的责任，生命的价值是无价的，来不得一点点

马虎。

我清楚地记得，妈妈和其他阿姨一样，是女儿、是母亲、是爱人、是姐妹，她在妻子、母亲、女儿、姐妹、朋友多重身份中努力取得平衡，在双职工这种家庭组合中又几乎承担了家里所有的家务，还要照顾和教育年幼的你，照料年迈的爷爷、奶奶、姥爷、姥姥。在她的眼中，她想尽一切办法做更多的事情，让我少操心就是她的本分、就是对爸爸工作最好的支持。

你的妈妈像战士一样对待每天的工作，一丝不苟、默默无闻；她像亲人一样对待每一个无论病情轻重、无论男女老少、无论态度友好或者不友好的病人；她用最朴素的职业精神和行动诠释着一名护士的职业底线和责任、捍卫着一名白衣天使的荣誉和尊严，在最普通的岗位上，注解了生命的意义和价值。

爸爸知道，因为工作，妈妈唠叨过而且还会唠叨，她疲惫着而且还会继续疲惫。因为工作，我们生过气而且还会生气，我们吵过架而且还会有矛盾。但爸爸更知道，我们之间更多的是彼此的理解、支持、疼爱和感动。爸爸每次上班临走时，妈妈总会把所有的事情都安排好，还把你逗开心了送爸爸出门，其实她是想让爸爸在工作时不用操心你们，不用想着家里，不要为你们分心。

爸爸非常感谢妈妈和你一直以来对我的工作的支持和理解，你们才是爸爸干好工作的最坚强的后盾！

爸爸无时无刻都想着陪着你和妈妈在一起，妈妈下班后，爸爸能为你们端上可口的饭菜；爸爸妈妈一起看着你在蹦床上跟疯了似地开心地蹦着；我们一起享受你给我们带来的快乐，我们一起照顾、培养和教育你，我们一起看着你健康快乐地成长。

亲爱的儿子，爸爸爱妈妈和你胜过爱我自己一百倍。

但是，爸爸的工作和责任注定了每年的大多时间不能和你们在一起，不能每天和你们一起享受这天伦之乐。

因为爸爸是一名小浪底人！

小浪底人在防洪、防凌、减淤、供水、灌溉和发电等许多方面担负着重要的任务。小浪底人大力弘扬“献身、负责、求实”的水利行业精神，艰苦奋斗、顽强拼搏，倡导和提倡以“在外国人面前我们是中国人，在中国人面前我们是小浪底人”为代表的小浪底精神，勇于承担社会责任，始终坚持公益性效益优先和水资源统一调度的原则，精心管理，科学调度，使小浪底水利枢纽发挥了巨大的社会效益、生态效益和经济效益。

爸爸肩负着控制小浪底水利枢纽下泄流量和西霞院反调节水库水位的重要责任，以及两个厂10台机组的运行调度工作，还要随时应对电厂发生的各种应急事件，这些责任要求爸爸在平时的工作学习中刻苦钻研业务知识，努力提高自身业务水平，严格按照《安全规程》、《调度规程》开展工作，恪尽职守。现在，爸爸的岗位实行动态管理制度，这就要求在平时工作中更加努力和谨慎，要有强烈的事业心和责任感，吃苦在前，服从分配，使自己成为运行工作的行家里手，力争每年都是优秀。

爸爸要做好这些工作，和安全分不开。爸爸的工作容不得一点点马虎，只有安全才是实现这些责任的有力保证。安全是我们人类最重要、也是最基本的要求，安全是我们生命健康成长的条件，是一个家庭幸福美满的保障。安全是一种责任，是一种态度，更是无价之宝。安全生产只有起点而永远没有终点。

爸爸必须担负起使他人幸福、也使我们也幸福的事业。只有安全才能收获这些幸福。爸爸在工作中始终坚持“安全第一，预防为主”的工作方针，遵守各项安全法律法规，坚决杜绝违规操作、习惯性违章等现象的发生，日常的巡检和操作都要做

到细致、认真、谨慎，在所有操作中严格执行“两票三制”，确保人身和设备安全。时时刻刻做到对工作、对自己、对你和妈妈负责。安全与生命息息相关，不可分离；安全构筑了所有人美好幸福的家园。只有人人关心安全，事事注意安全，才能对他人负责，对自己负责，对单位负责。

亲爱的儿子，为了你和妈妈，爸爸要的就是安全。

亲爱的儿子，就是因为这样一种责任，妈妈捍卫着一名白衣天使的荣誉和尊严；就是因为这样一种责任，爸爸发扬着小浪底人的精神；就是因为这样一种责任，爸爸舍弃了太多的时间不能跟你和妈妈在一起。

亲爱的儿子，爸爸希望你做一个对祖国、对社会、对人民有用的人！

但爸爸更希望你永远平安、健康、快乐、幸福！

真好，有个儿童节，爸爸有机会对你道一声最美好的祝福！

最爱你的爸爸

2010年5月31日

# 安全家书

韩宏斌

亲爱的艳：

光阴似箭，转眼我们已经结婚2年了，今天是我们的结婚纪念日，请原谅我不能陪伴你过这特殊的日子。在我们认识的5年里，幸福洋溢在我们每一天的生活中。由于工作性质，我不能经常照顾到家庭。从结婚到有孩子，每天上班、做饭、洗衣、带孩子，你为我们家付出了一切，你所做的点点滴滴我都铭记在心。

相识5年了，只陪你过过一次生日。节假日就更不用说了，赶上我在家休息了陪你过过，大部分时间都是你一个人在过节。记得2007年大年三十，你陪我在工作岗位上吃的年夜饭，自此以后几年都是你在家独自过除夕夜，我在工作岗位度过，虽然你嘴上总是说“老公的工作重要，没有时间陪我，我能够理解”，但是作为老公我心里清楚你很想我陪你一起吃年夜饭，一起看花灯。还是由于工作的原因，我们平时聚少离多，家里的家务都落在了你一个人身上，就连你怀孕妊娠反应最强烈的

那段时间我也不能陪伴在你的身边，给你安慰，给你照顾，作为丈夫我感到很内疚，我欠你很多很多，但你是个豁达而明事理的女人，从没因此埋怨我一句。真的很感谢你对我工作的理解，感谢你5年来对一名水利工作者的大力支持。

5年了，正是你的全身心付出，让我在工作的时候能泰然处之。每次休息过后，在我上班要走的时候，你总是给我买很多好吃的、好喝的，而给自己仅留很少的一部分。每次我说我带得太多的时候，你总说："没有关系。我没有了可以再去买，而你离城市那么远，上班又那么累，那么辛苦，再跑回来买多浪费精力。"我为我娶到你这样的妻子而快乐、幸福。今年我们有了可爱的女儿瑶瑶，你和女儿是我最宝贵的财富。所以，我要对你说，我只希望我们有一个完整的家，一个和睦温馨的家，一个充满欢声笑语的家。

每次离家，你都嘱咐我注意安全；每次和远在老家的爸爸妈妈通电话，他们都一再叮嘱我工作细心、注意安全，我深刻地体会到这是你对我的爱，是父母对儿子深情的诠释，也是全家人相互的期盼。人最宝贵的是生命，我知道生命其实很脆弱，一时疏忽，就可能导致生命的终结，使一个美满的家庭就此画上句号，让亲人们背负不能承受的疼，这样的事例电视、报纸上屡见不鲜，可见"安全"是多么重要。我明白："平安是福"。平安，对于个人，意味着健康；对于家庭，意味着和睦；对于企业，意味着发展。安全就是生命，就是效益。因此，我牢记着你们的嘱托，时刻提醒自己：安全生产，"平安"就是一切。

平安幸福是我们每个人的心愿，维护家庭的完整是你我的责任，虽然很多的事情并不是能预料得到的，但是我们防患于未然。我不敢去想象那么多的假如，但我们要珍惜现在的拥有，在工作中按章行事，很多不该发生的事故就可避免，生命之花就会四季美丽绽放，浓浓亲情就会常绕身旁。正如一名警句所言：幸福是安全的花，全家浇灌美如画。

永远爱你的斌

2010年6月5日

# 写给父母

朱旭萍

亲爱的爸爸妈妈：

见信如面！

自从去年11月到现在，由于种种原因都没有回过家，不知家中是否一切安好。我虽然每天都在用手机，但是给家里打的电话实在是太少了。说工作太忙吧，其实是一个借口。我也很想家。昔日无忧无虑的我已经长大成人，而你们也日渐衰老，上次回家时无意间看到你们的双鬓，不知什么时候已经有了白发，我很难受。

书信真好，可以亲切地传递二老对我的关心，也可以亲切地传递我对爸妈的思念。但记忆中，我只是在南京读书的时候给二老写过仅有的几封信。慢慢地，手机开始普及，书信在我们的生活中逐渐淡化了。再后来我参加了工作，组建了自己的家庭，开始独立的生活。算一算，从上高中住校开始，我离开家已经有12年了。今天，我再次提笔写一封，希望二老身体健康，平平安安！

知道我买了车，还自己开，每次打电话回去，都会听到爸爸在一旁唠叨：开车小心些，开车的时候不要发脾气，车速不要太快，不要赶时间……。父亲从小对我严厉，从来不会在我面前夸我半句。每次我打电话回去，基本都是母亲接。父亲有什么事儿，也都是通过母亲你来传达。但我知道，爸妈都是爱我的，只是你们把对我的爱都放在了心里。

爸妈，来到洛阳，“三不伤害”（不伤害自己，不伤害他人，不被他人伤害）成为我接受的第一个安全理念。安全驾驶也一样，决不能存在侥幸心理。社会有制度约束，只有我们遵守法制，治安才会好。这些道理我懂。虽然此前因为不熟悉道路交通安全法，被交管部门罚过几次，但现在女儿已经很少有违章现象了，请爸妈放心吧。

出门在外，见父母的时间很有限。就按一年一次，还能有多少次哪！记得9年前我离开家乡去远方上大学时，离别的月台上，妈妈悄悄地抹着眼泪，可我由于对新生活的向往，竟然粗心地没有理会，头也没回就上了车。儿行千里母担忧。现在我都会记得，每次离开妈妈的时候，回头跟您挥挥手。牢记母亲教诲，出门在外，注意安全。

亲爱的爸爸妈妈，女儿不在身边的时候，你们要注意生活中的安全，咱镇子里的主干道车流量大，过马路的时候一定要左看看，右看看，对危险源要有提前的防范。同时在生活中也不要过于节俭，该穿的要穿，该吃的要吃，不要亏待自己，别让我们做儿女的担心。开开心心、平平安安地度过每一天。

好了，这次就写到这里吧。

此致

敬礼

女儿萍萍敬上

2010年6月7日

# 家　书

张　阳

亲爱的爸爸、妈妈、老婆、女儿：

你们好!

我亲爱的女儿，这个六一，爸爸有机会陪你去公园过节，是多么的难得呀！时光荏苒，转眼间，你已经1岁2个多月了，从嗷嗷待哺的小婴儿长成一个蹣跚学步的可爱姑娘了。这一年中，爸爸因为工作的原因，不能每天陪伴你、照顾你，记录下你成长的每一个脚印，心里十分愧疚。今天爸爸给你写封信，虽然你暂时看不懂，但等你再长大点，你就会明白爸爸想跟你说的心里话了。

你知道么？爸爸的工作单位是一个很特殊的单位，是一个责任重大的行业，任何工作都来不得半点马虎，单位领导对安全工作高度重视，要求爸爸和其他叔叔们在安全生产工作中时刻保持警惕，行动循规蹈矩。安全不只是一句口号，它是一种态度、一种责任、一种信念，安全就是生命。在工作中一个小小的失误或者一时的大意都有可能导致事故，给一个家庭带来极大的灾难，结局是悲哀凄凉的，损失是无法估量的，一个人会因此失去生命，一个家庭会因此失去幸福和安宁，一个单位会因此蒙受巨大的损失，一个社会会因此而强烈震撼。

亲爱的妻子，我答应你，在为国家、企业、为我们家庭创造财富的同时，我一定会把自己的安全放在首位。因为你说过，我是我们家庭中的支柱，照顾年迈的父母，教育幼小的孩子，家中的一切事情都寄托在我的身上，我们这样一个美满、幸福、快乐的家庭缺少任何一个都不完美。所以，我在工作中一定要“警钟长鸣”，加强对安全知识的学习，遵照安全规程进行工作，凡事都会三思而后行，坚决杜绝“三违”现象在我身上出现。特别是碰到安全与生产发生矛盾时，不蛮干，只有等排除不安全的因素后才投入生产工作。时时刻刻想着你说的话：你在工地的一次违章都有可能会危及到这个家，危及到我及我们宝贝孩子的幸福。平安是福，希望我们一家和和美美、平安永存、健康常在。

亲爱的爸爸妈妈，虽然我不能经常陪伴在你们的身边，尤其是节假日，在此对你们说声抱歉，但请你们放心，在工作上“不伤害自己，不伤害他人，不被他人伤害”已成为我的安全理念。在这个对安全要求又高又严的特殊行业里，我始终保持着一种“胆大心细”的工作心态，严格按《安全工作规程》办事；检查到位，不漏过一个细节；措施到位，不漏过一个疑点。我经历了许多，也感受了许多，通过每一期对安全通报里的一些事故苗子的学习和反思，通过对别的单位因为一点小小的疏忽而造成流血的教训，我深刻地领会到“违章就是事故，细节决定安全”的安全思想理念。亲爱的爸爸、妈妈，也希望你们也要注意生活中的安全，对危险源要有提前的防范，有存在不安全的地方一定不要盲目蛮干，擅作主张。同时在生活中也不要



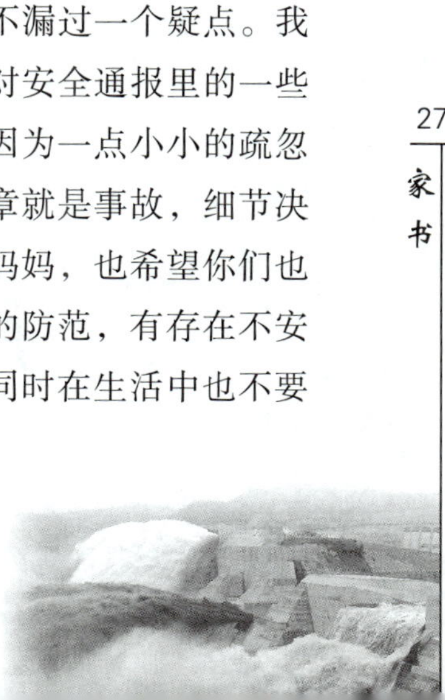

过于节俭，开开心心、平平安安地度过每一天。

我知道，安全是父母的叮咛，安全是妻子的期盼，安全是社会的责任，安全是国家的保障。所以我会对自己的安全更为注意和关心，牢记“安全”两个字的千斤重量！请您们放心。

张 阳

2010年6月9日